英国ちいさな村の謎⑮

アガサ・レーズンの探偵事務所

M・C・ビートン　羽田詩津子 訳

Agatha Raisin and the Deadly Dance

by M. C. Beaton

コージーブックス

AGATHA RAISIN AND THE DEADLY DANCE
by
M. C. Beaton

挿画／浦本典子

アガサ・レーズンの探偵事務所

本書をストウ・オン・ザ・ウォルドのリチャード・ラズダールと奥さまのリン、その子供たち、ルークとサミュエルとベサニーに捧げる。とりわけリチャード、アガサの頭をフル回転させてくれて本当にありがとう。

主要登場人物

アガサ・レーズン……………………………元PR会社経営者。私立探偵
エマ・コンフリー……………………………アガサの秘書兼探偵
サミー・アレン………………………………地方新聞の元カメラマン。探偵事務所スタッフ
ダグラス・バランタイン……………………警察の元技術者。探偵事務所スタッフ
パトリック・マリガン………………………元刑事。探偵事務所スタッフ
ミス・シムズ…………………………………シングルマザー。探偵事務所スタッフ
キャサリン・ラガット＝ブラウン…………依頼人
カサンドラ・ラガット＝ブラウン…………キャサリンの娘
ジェレミー・ラガット＝ブラウン…………キャサリンの元夫
ジェイソン・ピーターソン…………………カサンドラの婚約者。株式仲介人
ハリソン・ピーターソン……………………ジェイソンの父
ジョイス・ピーターソン……………………ジェイソンの母
マーク・ゴッダム……………………………ジョイスの恋人
ジョージ・フェリエット……………………荘園屋敷の元所有者。チャールズの大学の同級生
クリスタル・フェリエット…………………ジョージの妻
フェリシティ・フェリエット………………ジョージの娘
ミセス・ブロクスビー………………………牧師の妻。アガサの親友
ビル・ウォン…………………………………ミルセスター警察の部長刑事。アガサの友人
サー・チャールズ・フレイス………………准男爵。アガサの友人
グスタフ………………………………………チャールズの執事
ロイ・シルバー………………………………アガサの元部下。友人

1

アガサ・レーズンがついに自分の探偵事務所を開くことを決意したのは、アガサが〝パリの事件〟と呼ぶものがきっかけだった。

コッツウォルズ地方にあるカースリー村は、夏になると惰眠を貪《むさぼ》るような日々が続く。そんな毎日にうんざりしたアガサは、パリで一週間の休暇を過ごすことにした。

どんなに裕福な人間でも、ときに節約しようという気になるもので、アガサもご多分にもれず、サンジェルマン・デプレのはずれにある小さなホテルに予約を入れた。これまでにもパリを訪ねたことはあり、観光名所はおおかた見ていた。だから、今回はのんびりとカフェにすわって行き交う人々を眺め、セーヌ川沿いに長い散歩を楽しむ予定だった。

しかし二日後、パリはカースリーよりもさらに暑くなり、しかも、アガサのホテルの部屋にはエアコンが備えつけられていなかった。気温は四十度以上になり、アガサは湿ったシーツで寝返りを打ちながら、パリは眠らないのだと実感した。通りの向かいには歩道にテーブルを出しているレストランが二軒あり、午前一時になっても、アコーディオン弾きが演奏に回ってきて、食事客からチップをもらっていた。これで何度目だろう、またもや《ラ・ヴィ・アン・ローズ》が演奏されるのを聴きながら、アガサは窓から手榴弾を投げつける妄想にふけった。それに加え、車の騒々しい音や、無謀にも飲みすぎた観光客の嬌声。しばらくすると気分が悪くなったらしく、うめき声やえずく音まで聞こえてきた。

それでも、アガサはできるだけパリを見て歩こうと決めた。メトロの運賃は安く、路線が網の目のように市内を走っていたので、あらゆるところに行けた。

滞在四日目、モベール・ミュチュアリテ駅でメトロに乗りこんだ。プラットホームの硬い椅子にすわり、地下鉄の地図をひっぱりだす。リヴォリ通りにあるW・H・スミス書店に行って、英語の本を買うつもりだった。

電車が近づいてくる音がしたので、地図をバッグに押しこみ、銀色の把手《とって》をつかんで車両のドアを開けた。初めてこんなふうにしてパリの地下鉄に乗ったとき、とてもわくわくしたものだ。車両に乗りこみながら、背後から押されるのを感じ、同時にバッグのショルダーストラップにバッグが揺すぶられるような感覚が伝わってきた。

下を見ると、バッグが開いていて財布がなくなっていた。

アガサは背後から押してきた男を怒ってにらみつけた。中背で白人、黒髪、青いシャツにブルージーンズをはいている。

「ちょっと、あんた！」アガサは男に飛びかかった。男がすばやく隣の車両に逃げたので、アガサは猛然と追跡にかかった。男をつかまえようと手を伸ばしたとき、電車が動きだし、男はドアを無理やりこじあけてホームに飛びだした。ドアを開ける力のないアガサは車両に取り残されたまま、憤慨しながら次の駅まで運ばれていった。

アガサは美容師を恨んだ。パリジャンの美容師は、大きな警察署があるからモベール界隈は犯罪とは無縁だと自慢していたのだ。アガサはメトロでモベール駅に戻ってエスカレーターを走って上がり、警察署への道順をたずねると、角を曲がってすぐだと言われた。

警察署は正面入り口まで急な階段が続くみっともない現代的な建物だった。汗を滴らせ、ぷりぷりしながらアガサは入り口ホールに入っていった。長い黒髪のとても美しい娘が防弾ガラスの向こうにすわっていた。

アガサは強盗にあったとまくしたて、ただちに刑事のところに案内されるのを期待したが、その娘がアガサの話を聞きとりはじめた。こんなに若くて経験の浅そうな女の子ではなくて、もっと権限のある人間に替わってもらいたいものだわ、とアガサは苦々しく思った。

幸い、財布には六十ユーロしか入っていなかったし、クレジットカードはホテルの金庫に置いてきた。パスポートもバッグの別の仕切りに入っていた。

事情を聞かれてからパスポートを渡すと、女の子はすわってお待ちください、と言った。

「どうしてここにはエアコンがないの？」アガサは文句をつけたが、美しい娘はただ謎めいた笑みを浮かべただけだった。

ようやく長身の警官が現れて、アガサを横手の部屋に連れていった。彼はデスクの向こうにすわると、アガサに向かいの椅子にすわるように手振りで示した。警官は挿絵のドン・キホーテにそっくりだった。もう一度、アガサは強盗について詳細に語り、最後に「パリには憲兵がごろごろしているんじゃないの。どうしてメトロに行って、泥棒をつかまえないのよ」とつけ加えた。

「つかまえてますよ、毎日ね」警官は完璧な英語でしれっと答えた。

「わたしも探偵《ディテクティブ》なのよ」アガサはいばって言った。

「そうなんですか！」急にドン・キホーテはいくらか興味を示した。「イギリスのどこの警察署の所属ですか？」

「刑事《ディテクティブ》じゃないの。実は、これから自分の探偵事務所を開く予定なのよ」

たちまち興味の片鱗は消えた。「ここでお待ちください」彼は告げた。

デスクの後ろには鏡があった。アガサは立ち上がって自分の顔を映した。暑さのせいで顔が真っ赤になり、ふだんは艶《つや》のある髪も湿ってぺたんとしている。

アガサがまたすわって待っていると、警官はタイプした書類を手にして部屋に入ってきて、アガサにサインするように言った。書類はすべてフランス語だった。

「なんて書いてあるの？」アガサはむっとしてたずねた。

「あなたの保険請求のときに必要なんです。それから、もし犯人がつかまった場合、そいつは三年の刑になり、三千ユーロの罰金を払うと書いてあります。財布が見つかったら、イギリス大使館に送られます。ここにサインしてください」

アガサはサインした。

「これで終わりです」

「ちょっと待ってよ。顔写真は？」

「というと？」

「犯罪者の写真よ。どこでだって、あのろくでなしの顔ならわかるわ」

「今朝は他にも三人が同じ男に所持品をすられました。全員がフランス人です。あなたのご協力は必要ありません」

憤懣《ふんまん》やるかたない顔で、アガサは立ち上がった。「あんたよりもわたしの方が絶対にまともな仕事ができるわ」

警官はどうでもよさそうな笑みをちらっと浮かべた。「じゃ、幸運を祈ってますよ」

アガサはまっすぐホテルに戻るとチェックアウトした。すぐに家に帰って、自分の探偵事務所を立ち上げるつもりだった。何週間も前から迷っていたが、財布をすられたことで、事件が起きても何もできないもどかしさを感じて決心がついた。アガサ・レーズンはあらゆることを自分で仕切りたがる人間だったのだ。

シャルル・ド・ゴール空港に着くと、ゲートに向かったが、群衆が警察に制止されている現場にぶつかった。「何があったんですか?」隣の男にたずねた。

「誰かがスーツケースだかなんだか、荷物を放置したんです」

アガサは待つことにして背中を向けた。そのとたん、大きな爆発音がした。周囲の会話から、何にしろ放置されたものを遠隔操作で爆破したのだとわかった。ヒースロー空港や他の空港だったら、所有者にスーツケースや荷物をとりに来るようにまず呼びかけるだろう。しかし、フランスではさっさとそれを爆破してしまうようだ。

アガサの車がヒースロー空港を出ると黒雲が空にもくもくと湧きだし、カースリーに通じる道に曲がりこんだときには田園地帯は激しい雷雨になっていた。雨がたたきつけるように降り、雷が派手な音を立ててあちこちに落ちている。

ドアを開けると、アガサの二匹の猫ホッジとボズウェルが出迎えてくれた。留守中は掃除をしてくれるドリス・シンプソンが毎日やって来て、えさをやり、庭にしばらく出してからまた家に入れていた。

玄関ホールにスーツケースを置くと、キッチンに行き、裏口ドアを開けた。茅葺《かやぶ》き屋根から雨がざあざあ滴り落ちていたが、空気はひんやりして香《かぐわ》しかった。自分の探偵事務所を開くという決意が揺らがないように、牧師の妻で友人のミセス・ブロクスビーを訪ねることにした。

十分後、まず電話をかけてから来ればよかったとうしろめたく思いながら、アガサは牧師館のベルを鳴らした。

しかし、ミセス・ブロクスビーはドアに出てくると、持ち前の穏やかな顔をパッと輝かせ、歓迎の笑みを浮かべた。

「ミセス・レーズン！　まあうれしい。入ってちょうだい。どうしてこんなに早く戻ったの？」

「強盗にあったの」アガサはパリでの冒険について語った。

「そう、すりにあったというわけね」ミセス・ブロクスビーはさりげなく訂正した。

「そんなことでパリが嫌になるって、あなたらしくないわね。パリを愛しているんだと思ってたわ」

「愛してるわよ、たいていはね」アガサはいらいらしてきた。「たぶん暑さと睡眠不足のせいだったのよ。それに、警察に相手にされなかったから。あの連中ときたら、平然としてひどい態度をとるのよ！　警察がデモの取り締まりばかりに躍起になっているのが問題ね。一般人のためには時間を割こうともしないのよ」

「そこまでは言えないんじゃないかしら」

「ともかく、それがきっかけで、自分の探偵事務所を開こうって決心したの。いい考えだと思わない？」

「ええ、そうね」ミセス・ブロクスビーは賛成した。内心、退屈でくだらない仕事だろうと思ったが、じっとしていられない友人にやることができれば、またもや恋に落ちて傷つくような事態は避けられるだろう。アガサは恋愛中毒だった。

「しばらく前から探偵事務所を始めようかと思っていたのよ」アガサは説明した。「事件を調べるには正式な肩書が必要だと感じたから。PRビジネスでも成功できたんだし、きっとうまくいくと思うわ。最近、警察はとても忙しいし、田舎の警察署は次々に閉鎖されているでしょ。ちょっとした盗難とかティーンエイジャーの家出とか、不道徳な夫や妻にまでは手が回らないのよ」

「もしもうまくいかなかったら?」牧師の妻は質問した。

アガサはにやっとした。「そしたら減税してもらえるわ。ところで、ジェームズのコテージに誰か引っ越してきたの?」

そのコテージは元夫のジェームズのものでなくなってからかなりたつが、アガサはいつかジェームズが村に戻ってくるといまだに夢見ている。だから隣のコテージが他の人間のものになることが、どうしても受け入れられずにいた。もっともこれまでの住人二人と、アガサは恋に落ちていたのだが。

「ええ、そうなの。ミセス・エマ・コンフリーって女性で、元お役人。訪ねてみたらいかが」

「そうね。だけど、やることがどっさりあるのよ。明日ミルセスターの不動産屋に行って、オフィス用の物件があるかどうか調べてみるつもりなの」

新しい隣人が女性で、しかも引退者だと知ったとたん、アガサが興味を失ったことをミセス・ブロクスビーは残念に思った。

探偵事務所を立ち上げるには、アガサが思っていたよりもお金がかかった。アガサはレイモンド・チャンドラー原作の映画を観て育った世代なので、オフィスにすわっていると肩パッドの入った服を着た美しい貴婦人の依頼人が颯爽と入ってくる、というような場面を想像していた。

しかし、ネットを調べると、現在の探偵事務所は多岐にわたるサービスを提供していることが判明した。そこには、盗聴や盗聴器を除去すること、写真や動画撮影による証拠集め、電子媒体を使用したひそかな監視など、さまざまな現代的テクノロジーを駆使した仕事も含まれていた。

さらに、アガサがオフィスにいないときに電話番をする人間も必要になりそうだ。女性一人で事務所をやっていくのは小説の中だけだ、とアガサは賢明にも悟った。成果を出したければ、多額の金を支払って専門家を雇わねばならないだろう。

ミルセスターの中心部にオフィスを開くと、地元新聞に広告を出した。写真や動画の証拠集めには、地方新聞の元カメラマン、サミー・アレンを雇い、フリーランス契約で支払いをすることを決めた。さらに警察の元技術者、ダグラス・バランタインとも提携を結び、同じようにフリーランスで電子機器を操作してもらうことにした。

ただ、秘書には調査もできる頭の切れる人間がほしかった。

やって来る応募者はみんなとても若く、全員がピアスやタトゥーで身を飾っているようで、アガサはしだいに絶望してきた。

自分で秘書の仕事もしなくてはならないかもしれないと覚悟しかけたとき、オフィスのドアがノックされた。ドアには曇りガラスがはめられていない。曇りガラスがあった方が、アガサの考える旧式な探偵事務所にはふさわしいので口惜しかった。

「どうぞ」最初のクライアントかもしれないと期待しながら、アガサは叫んだ。

とても背が高いやせた女性が入ってきた。白髪交じりのふさふさした髪を短くカットし、面長で、鋭い茶色の目をしている。歯は大きく丈夫そうだ。手足がとても大きく、がっちりしたウォーキングシューズをはいていて、指輪ははめていない。かなり着古しているように見えるツイードのスーツを着ていた。

「どうぞおすわりください」アガサは言った。「お茶をいかがですか？　コーヒーがいいかしら？」

「コーヒーをお願いします。お砂糖はふたつ、ミルクはなしで」

アガサは新しいコーヒーマシンのところに行き、マグカップにコーヒーを注ぎ、スプーン二杯の砂糖を入れると、最初のクライアントらしき人物の前に置いた。

アガサは五十代の割に若く見える女性で、つやつやした茶色の髪と形のいい口、世間を疑わしげに眺めている小さなクマみたいな目をしていた。体型はがっちりしていたが、きれいな脚は彼女のいちばんの自慢だ。

「ミセス・エマ・コンフリーと申します」

どこかで聞いた名前ね、と思って記憶をたどり、新しい隣人だったことを思い出した。

とっさに笑みを作るのはむずかしかったが、とりあえず歯をむきだして、親しみのこもった笑顔に見えることを祈った。「それで、どういうご用件でしょうか？」

「新聞で求人広告を見たんです、秘書の。それに応募したいと思いまして」

エマは明瞭な発音で、あきらかに上流階級の話し方をした。そのせいでアガサの労働者階級の魂がズキンと疼《うず》いたので、そっけなく応じた。

「秘書には必要に応じて調査も手伝ってもらいたいと思っているの。ですから、もっと若くて行動的な方が必要なのよ」

アガサの視線はエマのやせた顔にひたと向けられ、さらに長身の体を値踏みするように上から下まで移動していった。

「もちろん若くありません」エマは認めた。「でも、行動的ですし、パソコンも使えますし、電話の応対も得意です。お役に立つと思いますよ」

「何歳なんですか？」

「六十七です」

「そんなに」

「でも、とても頭の回転は速いです」

アガサはため息をつき、おひきとりください、と言いかけたとき、ドアがためらいがちにノックされた。

「どうぞ」アガサは叫んだ。

やつれた顔の女性が入ってきた。「探偵を雇いたいんです」

エマは自分のマグカップを持って、オフィスの横手にあるソファに移動した。

二人きりになったらすぐにエマを追い払おうと心に決めて、クライアントにアガサはたずねた。

「どういうご用件ですか？」

「バーティーが丸一日行方不明なんです」

「バーティーはおいくつですか?」

「七歳です」

「警察に行きましたか? いえ、馬鹿な質問だったわ。もちろん、警察にはいらしたにちがいありませんね」

「警察は関心がないんです」彼女は泣き声をあげた。黒いレギンスに色褪《いろあ》せた黒いTシャツを着ている。髪はブロンドだったが、根元に黒い部分がのぞいていた。「あたしはミセス・エヴァンスといいます」

「よくわからないんですけど……」アガサが言いかけたとき、エマが口をはさんだ。

「バーティーというのはあなたの猫ですね?」

ミセス・エヴァンスはさっと振り向いた。

「ええ、そうなんです。これまで一度も家出したことなんてなかったんですよ」

「写真はお持ちですか?」エマがたずねた。

ミセス・エヴァンスは型崩れしたバッグから写真の束をひっぱりだした。

「これがいちばんよく撮れてます」立ち上がって、白黒の猫の写真をエマに渡した。

「うちの庭で写したんです」

彼女がエマの隣にすわると、エマは慰めるようにその肩に腕を回した。

「心配しないで。あなたの猫はきっと見つけますから」

「料金はおいくらですか？」ミセス・エヴァンスはたずねた。

アガサは料金表をこしらえていたが、そこには猫捜しは入っていなかった。

「五十ポンドと、猫を見つけた場合は追加で経費をいただきます」エマが言った。

「わたしはミセス・レーズンの秘書なんです。よろしければフルネームと住所と電話番号を教えてください」

呆然としながら、アガサはエマにノートを渡した。エマは詳細を書き留めた。

「さあ、お帰りになってけっこうですよ」エマは手を貸してミセス・エヴァンスを立たせた。「何も心配はいりませんからね。バーティーを見つけられるのは、わたしたちをおいて他にはいませんよ」

感謝でいっぱいのミセス・エヴァンスが出ていきドアが閉まると、アガサは言った。

「ずいぶん強引なやり方ね。でも、こうしましょう。もしもその猫を見つけたら、あなたを雇うわ」

「わかりました」エマは落ち着き払って答え、ノートを大きなバッグにしまった。

「コーヒーをごちそうさまでした」

これで、彼女とは縁が切れるわね、とアガサは思った。

エマ・コンフリーは近所のペットショップに行って猫用キャリーを買い、領収書をもらった。ノートに書きつけた住所を調べてみると、ミセス・エヴァンスはミルセスター郊外の公営住宅に住んでいた。エマは小さなフォード・エスコートに乗りこむと、公営住宅まで行った。ミセス・エヴァンスは裏庭が農地と接した住宅群の一軒に住んでいた。畑では収穫の最中でたくさんの野ねずみがいるだろうから、猫の格好の獲物になりそうだ、とエマは推測した。

車を停めて、農地に通じる道をたどっていった。最初の農地に入り、頑丈な靴で刈り株の間をぐんぐん歩いていく。晴れた気持ちのいい日で、水色の空にはふんわりした小さなちぎれ雲がいくつか浮かんでいた。エマは畑を見渡して、エヴァンス家の裏庭のあるあたりに視線を向けた。畑との境界にハリエニシダのやぶと背の高い雑草が生い茂っている。そちらに歩きはじめたとたん、ふいに頭がふらつき地面にすわりこんだ。向こう見ずにも仕事をくれと言うなんて信じられない。それに、猫はとうてい見つかりそうになかった。

エマは二十代前半のときに、法廷弁護士のジョセフ・コンフリーと結婚した。夫は高収入だったが、ハネムーンから帰ってきて三週間もしないうちに、家でだらだらしているのはよくないから働くべきだ、とエマに命じた。エマは一人っ子で両親の言うがままになってきたので、おとなしく公務員試験を受け、国防省の退屈な秘書の仕事についた。ジョセフは吝嗇《りんしょく》だった。ただし、自分には多額の金を使った――ジャガーを乗り回し、シャツはジャーミン・ストリート、スーツはサヴィル・ロウで仕立てた。

かたやエマに対しては彼女の給料まで管理し、わずかな小遣いしか与えなかった。エマが退職すると、夫は彼女の年金の少なさについて毎日毎日文句をつけた。二年前に夫が心臓発作で亡くなると、エマはいきなり裕福になった。子供はいなかった。ジョセフが子供を作りたがらなかったのだ。最初のうちはバーンズの広い家で独りぼっちで寂しく暮らしていた。夫にたたきこまれた節約癖はなかなか抜けなかった。あのねちっこい小言といばりちらす声が、家のどこにいても聞こえるような気がしたものだ。

やっとのことで家を売る勇気をかき集めた。夫の服は箱に詰めて慈善組織に送り、法律書は向上心のある法廷弁護士に譲った。そしてライラック・レーンにあるアガサの隣のコテージを買った。村の女性たちは親切だったが、隣人のアガサについて耳にした噂話に好奇心をくすぐられていたときに、秘書募集の広告を見つけたのだった。エマはこれまでの生き方にがんじがらめになって、そこから抜け出せずにいた。だから、アガサのオフィスに入っていき、仕事がほしいと言うためには、大変な勇気を奮い起こさねばならなかった。アガサがあれほど上から目線でなかったら、ふだんは臆病なエマはすごすごと引き下がり、仕事を手に入れるチャンスを逃してしまっただろう。しかし、アガサの態度を目の当たりにして、いばっていた夫や長年いっしょに働いてきた不愉快な人々のことが脳裏にまざまざと甦《よみがえ》り、かえって勇気が湧いてきたのだった。

エマはため息をついた。勝利のひとときはおしまいのようだ。いまいましい猫はどこにもいそうにない。野良猫だと誤解されて拾われたか、トラックに轢《ひ》かれたのか。エマはメソジスト教徒として育ったが、しだいに礼拝に参列しなくなってしまった。それでも、この世にはなんらかの力が永遠に存在すると、心のどこかで信じていた。長い間、骨張った膝を抱えてそこにすわり、金色の刈り株の上を雲の影が流れていくのを眺めていた。ふと平穏を感じた。過去とその惨めさ、未来とその不安がきれいに消し去られたかのように。ようやく立ち上がって、体を伸ばした。そろそろ猫捜しにとりかかろう。

まさに向きを変えようとしたとき、日の光が背の高い雑草とハリエニシダの茂みに射し、ちらっと何かが見えた。エマは草をかき分けてのぞきこんだ。そこでは白黒の猫がぐっすり眠っていた。

エマはそっと車に戻ると、猫用キャリーをとり、どうか猫がまだいますようにと祈りながら引き返した。ついていた。かがんで猫の首筋をつかむとキャリーに押しこむ。周囲の家々を、とりわけエヴァンス家を観察した。誰の姿もない。

「人生で初めてつかんだ幸運だわ」エマはひとりごちた。「あの嫌なレーズンがこれを見たら、どんな顔をするかしらね、楽しみだわ！」


オフィスのドアが開いたので、アガサはクライアントかと期待しながら顔を上げたが、そこにいたのはエマだったので、たちまち表情が曇った。そのとき猫用キャリーに気づいた。

「あらまあ！　それ、バーティーなの？」

「ええ、そうです」

「まちがいないのね？」

「ミセス・エヴァンスの家の裏の畑で見つけたんです。ちゃんと写真と照らし合わせました。キャリーの領収書はもらってありますよ。これからキャットフードと猫用トイレと猫砂を買ってきます」

「どうして？　あの女性に電話して、すぐ迎えに来てもらえばすむことでしょ」

「それはあまりいい考えじゃないかと」

「どっちがボスなのか、あなた、忘れていないでしょうね？」

「聞いてください。連絡は夕方まで待つのがいいんじゃないでしょうか？　あまり簡単な仕事だと思われないようにした方がいいですよ。バーティーが高速道路をうろついているところを見つけて、間一髪で命を救ったと言いましょう。それから〈ミルセスター・ジャーナル〉に電話して、新しい探偵事務所について心温まる記事を書いてもらうんです」

これまでPRについては誰にもひけをとらなかったアガサは、嫉妬のせいで胸がチクリとした。ただし、自分の嫉妬心は絶対に認めたくなかったので、コーヒーを飲みすぎたせいにしておいた。

「じゃ、そうしてちょうだい」アガサはそっけなく言った。

「では、雇ってもらえるんですね？」

「ええ」

エマはうれしそうににっこりした。「猫に必要なものを買ってきますから、そのあとでお給料について相談させてください」

少し相談した結果、猫をオフィスで一晩過ごさせ、朝いちばんでミセス・エヴァンスに届け、その場に新聞記者やカメラマンを呼んでおく、という段取りになった。〈ミルセスター・ジャーナル〉は、幸せな記事が新聞の部数を伸ばしてくれることを知っているはずだ。

エマはろくすっぽ眠れなかった。夜中にバーティーが死んでしまい、ミセス・エヴァンスの近所の人が、きのう畑から猫をさらっていく女を見た、と証言する光景が頭に浮かんだのだ。

しかし、何もかも驚くほどうまくいった。アガサは手柄を独り占めしたかったが、横に立っているエマをさしおいて、そんなことはさすがに言えなかった。〈ミルセスター・ジャーナル〉はミセス・エヴァンスとエマと猫の写真を掲載したので、アガサは不機嫌になったが、新しい探偵事務所のことはちゃんと宣伝してもらえた。

2

THE RAISIN DETECTIVE AGENCY

一週間、アガサのために働いたあとで、というか、ほとんど仕事もせずに一週間過ごしたあとで、エマは新しい自分がじょじょに消えていくのを感じていた。アガサは猛烈にボス風を吹かせていた。今後扱いたいと思っているすべての事件について、パソコンにファイルを作るようにとエマに指示した。それ以外にはアガサはほとんどエマと口をきかず、夜になると二人は別々の車でカースリーに帰った。

新しい探偵事務所の名前が世間に知られたきっかけが、エマを賞賛する記事だったせいで、アガサは虫の居所が悪かった。新聞に出るからとわざわざ新しいパワースーツを着ていって、写真も撮ってもらった。なのに、その写真は使われなかったのだ。もちろん、村の誰に訊かれても、〝わたしがエマを見つけられて〟ラッキーだったわ、と答えている。ただし、ミセス・ブロクスビーだけはだまされなかった。

アガサはミルセスター中心部の中世からの古い横町にオフィスを構えた。アンティーク・ショップの二階だ。もっと家賃の安い場所にすればよかった、工業団地にでも入ればよかったと今は後悔していた。ここはまるで隠れ家のように目立たないし、外に駐車することもできなかった。

二週間後、アガサはエマをクビにするもっともな理由に気づいた。何も仕事がない秘書に給料を払うのは馬鹿げていた。

アガサは腹を決めると、本を読みふけっているエマをじろっとにらんだ。アガサが咳払いをすると、エマは顔を上げた。クビを宣告されるのだと察して、エマは心が沈んだ。

そのとき、二人ともアンティーク・ディーラーのデニス・バーリーの声を聞きつけた。

「そうだよ、上がっていって。事務所は最初の踊り場の右側だ」

二人の女性は顔を見合わせ、期待のおかげで一瞬だが心がひとつになった。

ハンチング帽をかぶり、ポロシャツにだぶだぶしたフランネルのズボンという格好の小柄な男が、ノックもせずに入ってきた。生まれたときに神さまに鼻を引っ張られたかのように、顔の中で鼻だけが目立っていた。鼻の陰にちょび髭《ひげ》を生やしている。

「どうぞ、おすわりください」アガサが猫なで声を出した。「お茶かコーヒーでも？」

彼は咳払いした。「いやけっこう。手を貸してもらえないかと思ってね」

エマはノートをとりだした。

「息子が行方不明なんだ」彼は言った。

「お名前をお訊きしてもよろしいですか？」

「ハリー・ジョンソンだ。息子はウェイン。十九だ」

「警察にはいらっしゃいましたか？」

「ああ。だけど、ウェインは酔って騒いで逮捕されたことがあってね、あまり真剣にとりあってくれなかったんだ」

「いつからいなくなったんですか？」

「二日前だ」

「ふだんはいっしょに暮らしている？」

「ああ。これがおれの名刺だ」

彼は財布を開いて名刺をとりだした。エマは立ち上がってそれを受けとった。ミスター・ジョンソンは配管工だった。

「ふだん、息子さんがよく行く場所を挙げていただけますか？」

「〈ポピーズ・ディスコ〉にはしょっちゅう行ってるよ。あとはあちこちのパブとかだな」

エマがいきなり口を開いた。「ミスター・ジョンソン、どうしてそんなに息子さんのことを心配していらっしゃるんですか？　もう十九歳でしょう。パブやクラブが好きなら、どこかで遊んでいるだけなのでは？　息子さんは車に乗っていきましたか？」

「ああ、そうなんだよ。おれの愛する車にな。だから、あいつを見つけたいんだよ」

「車種と登録番号は？」エマがたずねた。かたや、アガサはじりじりしていた。質問はすべてわたしがするはずなのに。

「赤いランドローバー、二十年前のモデルだ。登録番号はメモするよ」

「ずいぶん古い車ですね」エマが言った。

「だけど、手入れしているからピカピカだ。息子には絶対に触るなって言っておいたんだ。おれがテレビの前で眠りこんじまった隙にキーをテーブルから持っていったにちがいない。おたくの料金はいくらだね？」

「車を取り返した場合は、料金は百ポンドになります」エマが言った。「それに経費が上乗せされます。息子さんが町から出ていなければ、それほど多額にならないでしょう」

「おれは裕福じゃないが、ま、いいさ、とりかかってくれ。だけど、あちこち走り回って経費をふくらませないでくれよ。二日たっても息子を見つけられなかったら、もうけっこうだ」

「申込用紙をお渡ししますから、サインをお願いします」エマが言って、ファイルキャビネットのところに行った。アガサは目をきゅっと細くした。ちゃんとした申込用紙があることすら、アガサは知らなかったのだ。おまけにエマはあの古ぼけたツイードのスーツはもう着ていなくて、小粋なリネンのスカートとブラウスという服装だった。まさか、ここを乗っ取る気じゃないでしょうね、とアガサは苦々しく考えた。

「こちらです」エマが言った。「金額を書きますから――ここです――ここと、ここにサインをお願いします。住所と電話番号と、お持ちでしたらメールアドレスも記入してください。今、百ポンドの小切手をいただければ、あとで経費の請求書をお送りします」

ミスター・ジョンソンはくたびれた財布を取り出した。

「クレジットカードでもいいかい？」

「だめです」エマはにっこりした。「現金か小切手でお願いします。ああ、写真が必要ですね」

彼は内ポケットから一枚の写真をとりだし、エマに渡そうとしたが、エマはアガサの突き刺さるような視線に気づき、「それはミセス・レーズンに」と言った。

アガサは写真を見て唖然となった。「これ、車の写真でしょう。息子さんの写真は持ってこなかったんですか？」

「ああ、あいつのか。うん、ここに一枚ある」再び内ポケットを探って、パスポート用の小さな写真を取り出した。

ウェインは黒髪を頭のてっぺんでトサカのようにジェルで固めていた。鼻ピアスと片方の耳にも小さなピアスが五個。顔はやせこけ、唇をゆがめて皮肉っぽい笑みを浮かべている。

「車を……というか息子を見つけられなかったら、返金してもらえるのかい？」ミスター・ジョンソンはたずねた。

アガサはちらっとエマを見た。

「いいえ、でも、経費は請求いたしません」エマは答えた。

「わかった。じゃあ、失礼するよ。こまめに連絡を入れてくれ」

彼が帰ってしまうと、しばらく黙りこんでいたアガサが口を開いた。

「もっと請求すればよかった。ここの家賃は馬鹿高いし、事業税だってかかるもの」

「知名度が上がるまでは、料金を抑えておくのも手かと思ったんです」

「今後はわたしにまず相談してちょうだい。わかった？　さて、さっそく仕事にとりかかりましょう」

「わたしが息子さんを捜しに行きましょうか？」エマがたずねた。

「言っときますけど、あなたは秘書なのよ。だからここに残って、電話番をしていて」

アガサはまっすぐミルセスター警察署に行き、友人のビル・ウォン部長刑事を呼び出した。運よく、ビルは事件の捜査に出ていなかった。

「ごぶさたしてしまってすみません」ビルは言った。「探偵事務所を開いたんですね。新聞で読みましたよ。仕事は順調ですか？　猫を見つけたエマ・コンフリーというのは何者なんですか？」

「ただの秘書よ。新しくお隣に越してきて、仕事を探していたの。はっきり言って、運がよかっただけよ。もっと若い人に替えようかって考えているところ。だって、もう六十七なのよ」大半の五十代が六十代をよぼよぼの老人だとみなしているが、アガサも例外ではなかった。自分は永遠にそんな年齢にならないと思っているのだ。

「はつらつとして健康なんですよね？」

「まあね」

「だったら秘書にぴったりですよ、アガサ。あなたが外に出ていて誰かが電話をかけてきたとき、若い子じゃなくて、大人の女性が受け答えしてくれた方が安心感がありますからね」

「あの人、ちょっと押しが強すぎるの」

ビルは腹を抱えて笑ってから、言った。「いやあ、あなたの口からそんな言葉が出るなんて傑作だなあ。そんなににらまないでくださいよ。何か情報がほしいんでしょう？　どんなことですか？」

アガサは行方不明のウェインについて説明した。

「ああ、あの青年ね。酔っ払って騒いだので、二度ほど逮捕したことがあります。当時、車の運転はしていなかったけど、新しく免許をとったんですかね？」

「確認しなかったわ」アガサはぼそっと言ってから、語気を強めた。「エマがいけないのよ。質問は全部彼女がしてたんだから。わたしは口をはさむこともできなかったの」

「免許と言えば、アガサ、探偵事務所の免許はとったんですか？」

「イギリスではまだ必要ないのよ。知ってるでしょ。ウェインを見つけるには、どこからとりかかったらいいかしら？」

「ミルセスターのパブやクラブを片っ端から当たってみたらどうかな。前回、逮捕したのは〈ポピーズ・ディスコ〉の前でした」

「父親のランドローバーに乗っていったんで、父親は息子よりも車を取り戻したがってるわ。ねえ、お願いだから、パソコンで車の登録番号を調べて、どこかでランドローバーが事故ってつぶれていないか調べてもらえないかしら？」

「今回限りですよ」ビルはきっぱりと言った。「毎度、あなたの探偵業に駆りだされるのはごめんですからね。ここで待っていてください」

「これまでわたしが手伝ってあげたことを忘れたの？」遠ざかっていくビルの背中に向かって、アガサは文句をつけた。

ビル・ウォンはアガサにとって初めてできた友人だった。アガサがPR会社を売却し、早期引退をしてコッツウォルズに引っ越してきたとき、アガサにとって「最初の事件」として記憶に刻まれた事件の捜査を担当したのが、ビルだったのだ。ビルの父親は中国人で、母親はグロスターシャー出身だ。気むずかしくて怒りっぽいアガサには、それまで一人も友人がいなかった。

ビルがいないすきに、エマ・コンフリーをどうしようかとアガサは思案した。ミセス・ブロクスビーはアガサがエマを雇ったことをとても喜んでいるので、失望させたくなかった。しかし、エマはライバルになりかねない。

待っていると、携帯が鳴った。エマからだった。

「ミスター・ジョンソンが電話してきました」エマがいつもの上流階級らしい明瞭な発音で言ったので、アガサは卑屈な気持ちになった。「車は返されて家の外に停めてあったそうです。無事だったとか——傷ひとつなく、ガソリンも満タンで。調査をキャンセルして、お金を返してほしいとのことです。でも、万一息子さんの身に何かあったら、息子さんを見つけるために何もしなかったと言われ評判をとても落としますよ、と説得しました。それで、キャンセルは考え直したようです」

「そっちに行った方がよさそうね」アガサは言った。

電話を切ったときに、ビルが戻ってきた。アガサは車が戻ってきたことを伝えた。

「とんだ時間のむだでしたね、アガサ。だけど、ひとつ思い出したことがあります。ウェインにはガールフレンドがいたんです。このまえウェインを逮捕したときは、彼女にバッグで殴られましたよ」

「何て名前？」

「ソフィ・グラッドソン。広場の〈ブランフォーズ・スーパーマーケット〉のレジにいますよ」

「ありがとう、ビル。借りができたわね」

アガサはスーパーに行くと、行方不明者の件でソフィ・グラッドソンと話がしたいと店長に頼んだ。「あと十分で休憩ですよ」店長は教えてくれた。

「待ってます」

アガサはスーパーの入り口にあるプラスチックの椅子にすわった。年配のお客のために並べてある椅子だ。

十分ほどして、店長が無愛想なぽっちゃりした女の子を連れてきた。

「こちらがソフィ・グラッドソンです」そして店長は行ってしまった。

「どうかすわってちょうだい、ミス・グラッドソン」アガサは言った。

「話って、何なのさ?」ソフィはクチャクチャ嚙んでいるガムを口の中で右から左へ、左から右へと移動させながらたずねた。

ブロンドの髪を頭のてっぺんでまとめている。まだ若いのに、早くも顔には不満そうな表情がいすわっていた。「ウェイン・ジョンソンのことなの」アガサは切りだした。

「ああ、あのろくでなしか」

「彼の行方がわからないのよ」

「あいつはそれがフツー、驚かないよ」

「最近、彼と会った？」

「まさか。あいつ、いかれちゃったから」

「どういう意味、いかれたって？」

「今朝、あいつのダチのジミー・スウィスがここに来てさ、『おまえ、びっくりするようなことがウェインに起きたんだぜ』って言いだすから、なんなの、説明してよ、ってんで、話しはじめたら、あのおっかない店長に『お客を待たせてるぞ』って怒れてさ。ちくしょう！」

「ジミーにはどこに行ったら会えるの？」

「〈ストーンブリッジ・サービス〉だよ」

「ガソリンスタンドね」

「うん、そこ」

アガサがスーパーを出ようとしたとき、携帯電話が鳴った。またエマからだった。

「ミセス・レーズン」堅苦しく言った。「オフィスにお戻りになった方がよろしいかと存じます。新しいクライアントがいらしています」

アガサは急いでオフィスに引き返した。高価そうなドレスを着た女性が来客者用の椅子にすわっていて、エマがコーヒーを出しているところだった。

「ミセス・ベニントン、こちらがうちの私立探偵のミセス・レーズンです」エマが紹介した。

ミセス・ベニントンの外見はどこもかしこもカチカチで硬そうだった。スプレーで固めた髪から、ぎらぎらした赤いネイルまで。わずかにぎょろ目で重たげなまぶたをしていて、小さな薄い唇には真っ赤な口紅をブラシでくっきりと塗っている。自然に見えるという触れ込みだが絶対に自然に見えない日焼けサロンで肌を焼いているようだ。あつらえのジャケット、ブラウス、短いスカートを着こなし、とてもスタイルがよかった。若い頃は賞賛されたにちがいない脚はほっそりしていて、ワニ革らしい材質で作られた靴をはいている。ワニ革なんて動物愛護の時代にはありえないわ、とアガサは思った。もっともミセス・ベニントンは鬱積した怒りを発散していたので、自らの手でワニを殺すことだって充分に可能に思えた。

「どのようなご依頼でしょうか？」アガサはたずねた。

「主人が裏切っていると思うんです。証拠がほしいんです」

「ええ、それならお引き受けできます。料金についてですが……」

「ミセス・コンフリーと料金についてご相談して、わたしはそれでけっこうですと申し上げましたわ」

アガサは鋭い目つきになった。エマがさっと進み出て、アガサの前にサインした申込用紙を置いた。アガサはエマをどやしつけてやるつもりだったが、エマは法外なほど高い料金と豊富な必要経費を請求していた。

「これでけっこうよ」アガサはどうにか口にした。

「ミセス・コンフリーに小切手をお渡ししてあります」ミセス・ベニントンはそう言って、立ち上がった。「はっきり申し上げて、本当にほっとしています。この不愉快な件でレディに担当していただけて、とてもうれしいわ」彼女はエマににっこり笑いかけた。

ミセス・ベニントンが帰ってしまうと、アガサは言った。「今後はまずわたしに相談してから、料金を請求してちょうだいね、エマ」

エマは昔のおどおどした自分が哀れっぽい声で詫びを請いそうになるのを感じた。しかし、自信があるふりをすることでそれを克服してきたのだし、少しでも弱みを見せたら、手強いアガサに抑えつけられるにちがいない。

「今回の件では」と穏やかに言った。「あなたでしたらいくら請求しましたか?」

アガサは怒鳴りつけてやろうとして口を開けたが、いきなり口を閉じた。生まれて初めて、おまえは嫉妬しているんだ、という声が頭の中で聞こえたのだ。

長い間エマを見つめていたが、肩をすくめた。「実を言うとよくわからないわ、エマ。だけど、これほどの高額料金は絶対に請求しなかったでしょうね。よくやったわ。さて、カメラマンのサミーと、監視係のダグラスにも電話して、さっそく仕事にとりかかってもらいましょう。ところで、また少し探偵の仕事もしてみたい？」

「ジョンソンの息子の件ですか？」

「ええ、彼の件。父親は無事に車を取り戻したけど、ウェインの姿は影も形もない。ウェインにはジミー・スウィスっていう友達がいて、その子は〈ストーンブリッジ・サービス〉というガソリンスタンドで働いているの。まず、そこで聞き込みができそうよ」

エマはうれしそうな笑顔になった。「すぐに行ってきます」

長身のやせた姿が出ていきドアが閉まると、アガサ・レーズンは後悔のにじんだ声でつぶやいた。「わたしって、ひどい女だわ。まったく」それから受話器をとり、ミセス・ベニントンの夫について調べはじめた。

エマ・コンフリーがガソリンスタンドに着き、ジミー・スウィスに会いたいと告げると、横手の修理工場で作業中だと言われた。おなじみの臆病な気持ちになりかけたので、深呼吸をひとつした。勇敢だというふりをするのよ、と自分に言い聞かせる。汚れたオーバーオール姿のたくましい男が車にかがみこんでいた。「ミスター・スウィスは?」

男は修理工場の奥に顎をしゃくった。エマは薄暗い部屋に入っていった。青年がひっくり返した燃料缶にすわって「禁煙」の掲示の下で煙草をふかしている。ぴっちりなでつけた茶色の髪に、なまっちろい不健康そうな肌をしていて、顔には点々とオイルの汚れがついていた。

「ミスター・スウィス?」

「ああ」馬鹿にしたようにエマを見た。でも、この男はたぶん二十五歳以上の人間だと誰でも馬鹿にした目つきで見るのよ、とエマは心の中で思った。

「わたし、私立探偵なの」エマは言った。

「なんだって? あんたが? 冗談だろ?」

エマの顔が赤くなった。「ミスター・ジョンソンに依頼されて、息子さんのウェインを見つけようとしているの」

「あいつとはもう関係ねえよ」

「どうして？」

「あいつ、おかしいからな」

「コメディアンになったっていう意味？」

「いや。あいつは信仰を見つけたんだ」

「どういう信仰？」

「青年のためのイエス・キリスト」

「で、どこに行ったら彼と会えるのかしら？」

「工業団地のストウ・ロードだ。昔のプレハブ兵舎のひとつだよ。見逃しっこない。屋根に十字架を立ててるから。ビョーキの野郎どもさ！」

エマは彼に礼を言うと引き返したが、早くもまばゆい達成感を覚えた。すでにアガサに対して嫌悪の種が蒔《ま》かれていた。

車に乗りこみ、工業団地めざして走りはじめた。最初はぐるぐる回っても小屋が見つからず、まちがった道を教えられたのかと心配になったが、やがてふいに、それまで気づかなかった小道の木立の隙間から輝く金色の十字架が見えた。

エマはプレハブ小屋に近づいていった。第二次世界大戦後に残った波形屋根の小屋だ。歌声が聞こえてくる。車を降りて小屋まで行き、ドアを開けた。満員の小屋にいるのはほとんどが若い人々で、《すばらしきものすべてを》を歌っていた。南部バプティスト連盟の聖歌隊を手本にして、宙で腕を振り回し、体を左右に揺らしている。南部バプティスト派の信徒の喜びにあふれたなめらかな動きではなく、棒のような白い腕をぎくしゃくと動かしているのは残念ね、とエマは思った。

幸い、それは最後の賛美歌だった。分厚い眼鏡をかけたひょろっとした男が説教師らしく、全員に祝福を授けた。

エマは信徒たちが出ていくのを戸口で見送りながら、バッグからウェインの写真をこっそり取り出した。

鼻と耳のピアスがなくなっていたし、髪の毛はジェルを洗い落として額にかぶさっていたので、あわや見過ごすところだった。しかし、あわてて「ウェイン？」と声をかけた。

「誰に頼まれた？」

「お父さんよ。わたしは私立探偵なの。あなたを見つけるように依頼されたのよ」

「おやじはおれを見つけようなんて思っちゃいねえよ。あの老いぼれ野郎は車を取り戻したかっただけさ。車は戻ってきたんだから、それで満足だろ」

「家に帰るつもり？」

「いや、おれたちはここの裏でキャンプしてるんだ。おもしろいぜ。無事だって伝えておいて。でも家に帰るつもりはねえよ。おやじなんか比べ物にならないほど、ここの人たちはおれの面倒を見てくれるからな」

エマはバッグからカメラをとりだした。「あなたが元気なところをお父さんに見せたいから、写真を撮ってもいいかしら？」

「いいよ、撮ってくれ」

信仰によっても虚栄心は失われなかったようだ。ウェインは両手を腰にあてて木に寄りかかり、顔をわずかに片側に向けた。「こっち側の方が写りがいいんだ。うまく撮れてたら、一枚くれねえかな」

「ここは世間によくある妙なカルトじゃないのよね？」エマはたずねた。「いつでも好きなときに脱退できるんでしょ？」

「そうとも。神さま以外に、おれにああしろ、こうしろっていうやつは誰もいねえよ」

エマはミスター・ジョンソンを自分で訪ねることにした。アガサに手柄を横取りされたくなかったのだ。経費を請求するために、もう少し情報を伏せておくことをアガサは期待しているかもしれない。でも、ウェインを見つけたのはエマなのだ。ミスター・ジョンソンは息子が無事だといういい知らせを伝えられると、あきらかにがっかりしたようだった。「車を取り戻したから、まあいいか。馬鹿なやつだよ、あの子は。金を節約すりゃよかった」

エマはがっかりした。虐げられている人間はしばしば空想の世界に逃げこむものだが、エマも、ミスター・ジョンソンが彼女の肩で安堵の涙を流す光景を思い描いていたのだ。しかも、地元新聞がなぜかその場に来ていて、幸せな瞬間を写真におさめるだろうと。

アガサはエマに探偵仕事を任せたことを後悔しはじめていた。サミー・アレンとダグラス・バランタインに不倫案件について説明したが、自分でも現場に出たかった。エマはミスター・ベニントンがどこで働いているのか、趣味、車種など詳しいメモをとっていた。

ドアが開いてエマが入ってきたので、アガサはほっとした。

「ジョンソンの息子のことはしばらく忘れて」アガサは言った。「わたし、出かけてこなくちゃならないの」

「ジョンソンの息子はもう見つけました。父親にも報告しました。経費の請求書を送りますね。でも、彼が取り返したかったのは車だけだったんです」

アガサの胸を不安がよぎった。この風変わりな女はわたしよりも有能なの？　嫉妬で動揺していることも自覚していた。自分は嫉妬深い性格ではない、とずっと自負してきたというのに。ちらっと時計を見た。「ねえ、そろそろランチの時間ね。あなたはランチをおごられるだけの働きをしたわ。一時間ぐらい事務所を閉めても問題ないわよ」

二人は事務所近くのチャイニーズ・レストランに行った。みっともなく歯にくっつくし、服にこぼれるので、アガサはパリパリした海草はよけて口にしなかった。

「あなたのことを聞かせて」礼儀正しくしようと決めて、アガサはたずねた。本心ではエマの話にはまったく興味がなかったのだが。

エマは国防省での仕事について語ったが、実際よりもずっと華やかな仕事に聞こえるように話を盛った。エマが話し終えると、アガサは言った。「これまですばらしい働きぶりだったわ。わたしたち、いいチームになれそうね」

ランチ後、オフィスに戻るエマは満足感で胸がほんのり温かくなっていた。

かたやアガサは自分が役立たずのような気がしてきた。オフィスの電話を掃除するふりをしながら、ダグラスはミスター・ベニントンの電話を盗聴していたし、サミーはオフィスの外に停めた車の中でカメラを手に待機していて、仕事後のベニントンを尾行することになっている。

「あなたは探偵として、とても有能だとわかったから、電話番の女の子を新しく増やしてもいいかもしれない」アガサは言った。

「ミス・シムズはどうですか？」エマが言ったのは、婦人会の書記をしているカースリーのシングルマザーのことだ。

「最近、紳士のお友だちができたんじゃなかった？」アガサはたずねた。

「今はおつきあいが途切れていると思います。彼女のファーストネームは何ですか？村のご婦人方がお互いを苗字で呼び合うのって、とても妙な気がします」

「カイリーだったと思うわ。ここの伝統なのよ。ミセス・ブロクスビーは親友だけど、いつもミセス・ブロクスビーって呼んでいるわ。じゃあ、今からミス・シムズのところに行ってきて。帳簿外でお金を支払うって伝えてね。保険料の支払いとか社会保障には影響が出ないようにするわ」

「それ、違法なのでは？」

「だったら何なの？　お金なんて、毎日毎日どこかに消えていくもんでしょ」

三十分後、エマはミス・シムズの公営住宅のきちんと片付いたリビングにすわって、この人は昔風のけばい女の服装が好みなのね、と考えていた。今風のおなかが見える短いTシャツとかピアスはなし。ピンヒールをはき、ブロンドに染めた長い髪をして、ずりあがるたびにフリルのついた真っ赤なペチコートがのぞくミニのタイトスカートと、襟元に黒い靴ひもみたいなタイがついた白いブラウスを着ている。

「それはご親切に」ミス・シムズは言った。

「タイプとか速記はできるんでしょう？」エマはたずねた。

「ええ、もちろん。パソコンも大丈夫」

「最後に働いたのはいつだったの？」

ミス・シムズは額に皺《しわ》を寄せて考えこんだ。「去年だったと思うわ。布地の室内装飾をやっているボスのところで」

「で、どのぐらいそこで働いていたの？」

ミス・シムズはクスクス笑った。「たった一日だけ。きみはとてもきれいだから仕事をさせるにはもったいない、家にいた方がいいよって言われて。そうすれば彼が……ええと……好きなときに会いに来られるでしょ」

「それからどうなったの？」

「別れたわ。だって彼は結婚していたし。既婚者と奥さんの仲をあまり長い間邪魔したくないの。われらのミセス・レーズンとの関係はどう？」

「とても順調よ」

「心がきれいな人なのよ」ミス・シムズは言った。「あなたはまたどういうわけで、カースリーに引っ越してきたの？」

エマはまたもやたっぷり脚色した話を聞かせたが、ミス・シムズはところどころで「まあ、すごい」と相槌は打つものの、さほど感心した様子はなかった。馬鹿な小娘ね、とエマは頭にきた。こんな娘を推薦しなければよかった。

エマが話し終えると、ミス・シムズは言った。「ジャケットをとってきてオフィスまであなたといっしょに行くわ。どこに何があるのか、すべてわかっていた方がいいでしょ」

アガサはペイパークリップをいじりながら、新しい自分のオフィスを見回した。アガサ自身のデスクは大きなジョージ王朝様式のリプロダクトのもので、その正面にクライアント用の椅子が二脚置かれている。片側の壁にはソファがあり、その前の低いコーヒーテーブルにはきちんと雑誌が並べられていた。もう片方の壁際には、エマのために注文したデスクとファイルキャビネットがふたつ。ミス・シムズが仕事を引き受けてくれたら、もうひとつデスクとパソコンを注文しようかと考えていたが、ミス・シムズはエマのデスクとパソコンを使い、エマはソファで待機した方がいいだろうと結論を出した。

ここは天井に太い梁が走る古い建物で、縦仕切りのある窓が狭い通りを見下ろしている。

アガサは〈レーズン探偵事務所〉の広告を新聞に載せた。「すべての依頼の秘密厳守——動画撮影および電子機器による監視」しかし、アガサに調査を依頼しようとする人間はなかなか現れなかった。

階段で足音が聞こえた。ずいぶん早かったのね。しかし、ドアをノックして入ってきたのは、エマでもミス・シムズでもなく長身の女性で、暑い日にもかかわらずブラウスとツイードのスカートの上に防水コートをはおり、ウールのタイツとがっしりした靴をはいていた。カールした巻毛は自分でピンカールをしてセットしたようだ。やせた顔で目だけがやけに目立っている。すっぴんだった。

「ミセス・ラガット＝ブラウンと申します」と女性は名乗り、アガサのデスクの前の椅子に腰を下ろした。「お友だちから紹介していただいたんです。サー・チャールズ・フレイスから、基金集めのイベントのときに。あなたに助けを求めるのが賢明だと、忠告されましたの」

アガサはチャールズに新しい事務所のパンフレットを送ってあった。だが電話もかけてこなかったので、てっきり海外にいるのかと思っていた。アガサの人生に登場しては去っていくというチャールズのやり方には、すでに慣れっこになっている。過去には、短期間だが深い関係だったこともあった。しかし、そうした関係になってもチャールズは心を動かされることはなかった。二人が出会ったのは、チャールズが殺人の容疑をかけられそうになったときで、その後、アガサが関わったいくつかの事件でチャールズはいっしょに調査をしてくれた。チャールズは十歳年下なので、アガサは年の差を痛いほど感じていた。

「どういうご依頼ですか？」アガサはたずねた。

「あなたは予想していた方とはちがうわね」ミセス・ラガット＝ブラウンが甲高いフルートのような声で言った。

「どういう人間を予想されていたんでしょう？」

ミセス・ラガット＝ブラウンは「わたしたちの階級」の人間を予想していたのだが、アガサの目がぎらついていたので、そういうことを口にするのははばかられた。

「いいえ、お気になさらずに。お願いしたいのは、こういうことなのよ。わたしはヘリス・カム・マグナの荘園屋敷に住んでいます。その村はご存じかしら？」

「ストウ・バーフォード・ロードから入ったところですよね？」

「そうよ。で、よく聞いてちょうだい。明日は娘の二十一歳の誕生日で、ディナー・ダンス・パーティーを開く予定なの。娘の婚約も発表するわ。でも、娘のカサンドラに脅迫状が届いたのよ。ジェイソン・ピーターソンと結婚したら死ぬことになるだろう、と脅迫状には書かれていた。警察に連絡すると、パーティーに警官を二人寄越すという返事だったわ」

ドアが開き、エマが入ってきた。アガサは二人を紹介した。ミセス・ラガット＝ブラウンはほっとしたようにエマを眺めた。

「すわって、エマ」アガサは言った。

エマはすわった。「ミス・シムズは買い物をしています。もうじき来ます」エマは大きなバッグを開けて、ノートとペンを取り出した。

アガサはたった今ミセス・ラガット＝ブラウンが言ったことを伝えてからたずねた。

「お嬢さんとジェイソン・ピーターソンについて、少し詳しく話していただけますか？」

「いいわよ」

どうやらジェイソンはきちんとした一族出身の株式仲買人のようだった。カサンドラは温室育ちで、チェルトナム・レディース・カレッジからスイスのフィニシング・スクールを卒業し、パリのル・コルドン・ブルーで料理コースを習得していた。

脅迫状は警察に渡した。

「あなたたちには」とミセス・ラガット＝ブラウンは言った。「屋敷に来てゲストたちに交じり、疑わしい人がいないか見張ってほしいの。ゲストと同じような服装で来ていただけるわね？」

「もちろんです」アガサは氷のような視線を向けた。「さて、料金の件ですが」

「小切手を持ってきたわ。サー・チャールズが前金を払わなくてはならないとおっしゃっていたので」

アガサはこの事務所を経営しているのはサー・チャールズではないと言い返しそうになったが、小切手の気前のいい金額を見たとたん口を閉じた。チャールズは最初に頭に浮かんだ法外な料金をふっかけたにちがいない。

アガサがミセス・ラガット＝ブラウンにさらに質問している間、エマはものすごい速さでペンを走らせていた。

ミセス・ラガット＝ブラウンによると、誰かが婚約をだいなしにしたがる理由はまったく思いつかない、ということだった。

「ご主人はいるんですか？」

「いいえ、今は。三年前に離婚したの。でも円満な離婚だったわ」

「ミスター・ラガット＝ブラウンの職業は？」

「株式仲買人なの」ミセス・ラガット＝ブラウンは答えた。「ジェイソンと同じようにね」

「元ご主人はパーティーにいらっしゃいますか？」アガサはたずねた。

「あの人がどこにいるかわかったら呼んだでしょうね。でも、会社によると長期の休暇中で、行き先を言い残していかなかったそうなの」

しばらくして、ミス・シムズがさまざまな安売り店の紙袋を抱えてやって来た。そのあとはエマがファイルのことや、新たに作成した料金表について教えた。

アガサは「本物の」事件を調査できそうで、とても興奮していた。そのことをミセス・ブロクスビーに話したくて、家に帰り猫たちにえさをやって庭に出してやるとすぐに、牧師館に飛んでいった。留守がちだから、今後は掃除を頼んでいるドリス・シンプソンに追加料金を払って、昼間、猫たちを庭に出したり入れたりしてもらおう、と考えた。もっとも、人には自分は動物好きじゃないと言っている。

牧師がドアを開け、うっすらと笑みを浮かべたが、目は笑っていなかった。

「残念ながらちょっと忙しいので、ミセス・レーズン……」そう言いかけたとき、ミセス・ブロクスビーが背後に現れた。

「まあ、ミセス・レーズン、どうぞ入ってちょうだい」夫の肩越しに言った。「庭に行けば、煙草を吸えるわよ」牧師は何かぶつくさ言いながら姿を消した。すぐに書斎のドアが乱暴にバタンと閉まる音がした。

「で、調子はどうなの？」ミセス・ブロクスビーは庭にすわるとさっそくたずねた。

アガサはこれまでに起きたことを洗いざらい報告し、翌晩のパーティーについても話した。

「それで、ミセス・コンフリーはうまくやっているの？」

「とても。最初は年をとりすぎているし、押しが強すぎると思ったんだけど」

「押しが強すぎるですって！　まさかミセス・コンフリーが！」

「一見、図太そうに見えたせいね。あの人、国防省でとても重要な仕事をしていたらしいわ」

「あるいは、本人がそう言っているだけかも。彼女には人望があるとはとうてい思えないわ」

「人望がないとは思えないけど」アガサは反論した。「とても親切なのよ。エマが調査の仕事で活躍してくれているから、秘書の仕事にはミス・シムズを雇ったの」

「ところで、サー・チャールズが依頼人に推薦してくれたって言ってたわね。親切だわ」

「でも、全然会いに来ないのよ」アガサが嘆いた。

「ずっとそういう感じでしょ。あなたの前に現れたかと思うと、姿を消す。また来るわよ。お礼の電話はもうしたの？」

「いいえ、以前、電話しようとしたんだけど、いつもどこかに出かけていて留守だったわ」

アガサはチャールズに電話する前に、撮影スタッフのサミーの携帯電話にかけて、ベニントンの案件で進展があったかたずねた。「こっちは何もなかったんです。しかし、ダグラスが手がかりになるかもしれないことをひとつ聞きつけました。彼は電話機だけじゃなくて、オフィスの中も盗聴していたんです」

アガサは経費のことを思って、うめき声を抑えた。「何をつかんだの?」

「ミスター・ベニントンが秘書を呼んだんです。手紙を口述したんですが、メイルオーダー・カタログのための服や何かについてで猛烈に退屈な内容でした。ただし、そのあと、ジョージーっていう秘書に金曜は大丈夫かってたずねたんです。秘書は色っぽく笑って、大丈夫、ママにはビジネス会議に出ると言っておいたわ、と答えた。ですから、予想どおりなら、彼は秘書と金曜に密会の約束をしてるってことですよ」

「やったわね。続けてちょうだい」アガサは言った。

それからチャールズに電話をかけた。叔母が電話に出て、チャールズは入浴中だと言った。「電話をほしいと伝えてください。アガサ・レーズンです」アガサは命令口調で言った。叔母はさよならも言わずにガチャンと受話器を置いた。チャールズは電話をかけてこなかった。

たぶん、あのばあさんはメッセージを伝えなかったのね、とアガサは憤慨した。それから二階に行き、パーティーに着ていくのにふさわしいドレスを選ぶことにした。

ミセス・ラガット＝ブラウンのパーティーは好天に恵まれた。アガサとエマが到着したとき、荘園屋敷の木々の上には中秋の満月が昇っていた。木々には豆電球がぶらさげられ、芝生には大きなストライプのテントが張られている。テラスではバンドが古いダンスナンバーを演奏しているところだった。荘園屋敷はコッツウォルズの石材で建てられた低層のだだっ広い建物で、外から見るよりも内部の方がずっと広かった。アガサはあたりを見回した。彼女とエマは早めに着いたが、すでにたくさんのゲストが来ていた。結局、アガサはシルクのパンツスーツにフラットサンダルで妥協することにしたのだった。すばやく行動する必要に迫られるかもしれないからだ。エマは長袖の黒いサテンのロングドレスだった。アダムス・ファミリーの一員みたいだとアガサは思ったが、ミセス・ラガット＝ブラウンは二人を出迎えに走り寄ってくると、「あら、とてもすてきね、ミセス・コンフリー」と言い、アガサには「家に入って着替える？」とたずねた。

アガサはむっとした。「もう着替えています。まさかハイヒールとロングスカートで殺人容疑者を追いかけるとは思ってないでしょうね」

「ああ、なるほどね。これがプログラム。ゲストは大テントの中に集まるわ。そこでまず飲み物をお出しするの。そのままディナーよ。食後に外に出てくると、大テントが片付けられてダンスになるの。飲み物はプールハウスでふるまわれることになっているわ」

「そのプールハウスはどこにあるんですか？」アガサはたずねた。

「家の裏手。プールのそばよ。ダンスが始まる前に、娘の婚約を発表するつもりなの」

「屋敷内を調べましょうか？」アガサはたずねた。「誰も隠れていないか確かめておきましょう」

「あら、まあ、けっこうよ。今、ゲストが着替えをしているから、あちこちのぞいてほしくないわ」

「そのために、ここにうかがったんだと思ってました」とアガサ。

「ただゲストを観察して、場違いな人を探してくれればいいのよ」

「あの年で背中が丸見えのドレスを着るべきじゃないわね」ミセス・ラガット＝ブラウンが去っていく後ろ姿を見ながら、アガサは歯に衣着せずにこきおろした。「脊柱がひとつひとつ数えられるほどだもの」

「で、どこから始めますか？」エマがたずねた。

「あなたはどうか知らないけど、わたしは大きなグラスでジントニックを飲みたいわ」

「シャンパンしかないと思いますけど。ほら、トレイを持った女の子が来た」

「ああ、それでけっこうよ」アガサは不機嫌に言った。二人はそれぞれグラスをとった。

「あれがカサンドラにちがいないですね」エマがテラスの方にグラスを振った。

カサンドラは太陽にさらされてメッシュになった豊かな髪に丸い愛嬌のある顔立ちをした女の子で、体つきはぽっちゃりしていた。胸元がとても深くカットされたドレスを着て、自分の最高の美点をあらわにしている――ふたつの大きな丸い胸を。かたわらにはタキシード姿の青年が立っていた。ふさふさした黒髪に長い鼻、気まずくなるほど大きくて赤い肉感的な唇をしている。

二人の少し左には、男女の警官がいた。

ゲストたちはおしゃべりに興じ、バンドが曲を演奏し、アガサの足は痛くなってきた。そのとき、ゲストが大テントに移動しはじめた。

「よかった」アガサは言った。「行きましょう、エマ、おなかがぺこぺこだわ」

ミセス・ラガット＝ブラウンが娘とジェイソンといっしょに大テントの入り口に

立ち、ゲストを出迎えていた。

アガサとエマを見ると、「あなたたちの席は設けていないの。おなかがすいているなら、キッチンに行って何か食べてちょうだい」と言った。

アガサはびしっと文句をつけてやろうかと思った。ゲストを観察しろと言うなら、こちらもいっしょにすわりたいわ、と怒鳴ってやりたかった。しかし、すんでのところでミセス・ラガット＝ブラウンはクライアントだということを思い出し、この仕事で成果をあげれば、別の仕事につながるだろうと怒りをぶつけるのをこらえた。

外でエマが言った。「キッチンに行った方がいいですね」

「行くもんですか」アガサはつぶやいた。

「でも、そこで働いている人が家族の噂話を聞かせてくれるかもしれませんよ」

「それもそうね」しかし、自分がそのことを考えつくべきだった、と悔しかった。

3

キッチンにはコックとメイドがいるだろうと想像していたが、住み込みの使用人の時代はとっくに終わったのだ。ミセス・ラガット＝ブラウンはケータリング業者を雇ったようで、ジーンズとTシャツを着た性格のきつそうな顔つきの女性がいた。アガサが身分を告げて、自分たちの夕食はあるかとたずねた。

「ごめんなさい」彼女ははきはきと言った。「全部テントに出したわ。ミセス・ラガット＝ブラウンみたいな人たちの場合、人数分だけきっちり料理を提供して、余分はまったくないの。今夜のためにわたしが雇った女の子たちが料理を出しているところよ。この家の冷蔵庫を見てみたら？　何か入っているんじゃないかしら」

「それはまずいのでは……」エマが不安そうに言いかけたが、アガサは大型冷凍庫と電子レンジを見つけた。アガサに言わせれば、効率のいい調理のために、そのふたつは必需品だった。

アガサは冷凍庫の扉を開けて、パックをかき回した。「ほらあったわ、エマ」ようやくアガサは言った。「シチューが二人分」アガサはそれを電子レンジに入れ、解凍に目盛りを合わせ、スイッチを入れた。

「悪くないわね」食べ始めると、アガサは言った。「じゃがいもまで入っているし」ようやく食欲が満たされると、アガサはケータリング業者に向き直った。「ミセス・ラガット＝ブラウンとは長い付き合いなの？」

「いいえ、今回が初めての仕事で、たぶんこれが最後になるわね」

「どうして？」

「どケチなのよ」

「わたしたちは私立探偵なの。娘が脅迫状を受けとったんですって」

「じゃ、代わりにばあさんの方が狙われることを祈りましょう」ケータリング業者は肩をすくめた。

「彼女の小切手が不渡りじゃないといいけど」アガサは言った。

「大丈夫です」とエマ。「必要な手数料を払って、すぐに換金しましたから」

「まあ、よくやったわ！」アガサは言い、エマは頬をさっと染めた。この人のこと、やっぱり好きかもしれないわ、とエマは思い直した。

二人は外に戻り、プールを発見した。ステージとマイクが屋敷を向くようにプールの端に設置されている。

それから屋敷の表側に戻って大テントに入っていった。アガサはゲストたちをぐるっと見渡した。「ミセス・ラガット＝ブラウンの知らない人間がここにいるとは思えないわ。招かれざる客なんてありえない。必要がなければ、彼女はパンひとかけらだって出さないでしょうから」

エマはハイヒールの足が痛くなってきて、アガサのフラットサンダルがうらやましかった。

「不思議ね」アガサは言った。「チャールズが彼女の友人なら、彼も招待されているはずでしょ」

うんざりするほど長い食事がようやく終わり、プールサイドでスピーチがおこなわれることになったので、二人の探偵はほっと胸をなでおろした。

二人は裏に回り、ミセス・ラガット＝ブラウンがマイクの前に立つ予定の場所に行き、後方に控えた。

ゲストたちが笑いさざめきながらやって来た。自分が仲間はずれにされ、外からみんなをのぞいている、というおなじみの感覚がアガサの胸にわきあがった。

ミセス・ラガット＝ブラウンは娘とジェイソン・ピーターソンを両側に従え、マイクの前に立った。アガサは三人の真後ろにいた。ミセス・ラガット＝ブラウンが口を開こうとした。だが、プール脇の芝生から、いきなり花火が上がり、騒々しい音が炸裂しはじめた。

「まだよ！」ミセス・ラガット＝ブラウンは腹を立ててマイクに怒鳴った。

不安になってアガサは屋敷の窓に目をやり、息を呑んだ。二階の窓のひとつで、銃の照準器らしきものが光るのが見えたのだ。

「銃だわ」アガサは叫んだ。両手を広げて突進していき、ミセス・ラガット＝ブラウンとカサンドラとジェイソンをプールに突き落とし、そのあとから自分も水に飛びこんだ。

花火が止んだ。花火の音のせいで、誰もアガサの叫び声を聞いていなかった。

ミセス・ラガット＝ブラウンは娘とジェイソンといっしょにプールから助け出された。

アガサは階段まで泳いでいき、三人の後から上がった。

「あそこに銃が見えたの」アガサは荒い息をついた。「あの窓よ。二階のあそこ！」

二人の警官が屋敷に走っていった。みんな、固唾《かたず》を呑んで待っていた。カサンドラは泣きだした。

ようやく男女の警官が外に出てきた。「あそこには何もありませんでした」警官は言った。「想像だったにちがいありません」

「そんなことないわ」目に入った水をぬぐいながらアガサは反論した。「それに、誰が花火を打ち上げたの？」

「もう帰って」ミセス・ラガット＝ブラウンが押し殺した声で言った。「あなたのせいで娘のパーティーがめちゃくちゃになったわ。小切手の支払いは停止するわよ」

「二階を調べさせてください」アガサは必死に頼んだ。

「警察官二人が発見できないものを、あなたに見つけられるわけないでしょ。もう帰って、まったくいまいましい人ね。行って！」

「正直なところ」とデリー・カーマイケル巡査はその晩、ビル・ウォン部長刑事に報告していた。「あの場にいらしたら、笑えましたよ」

アガサがミセス・ラガット＝ブラウンと娘とジェイソンをプールに突き落とした場面を、ビルにとうとう語ったところだった。

「ちょっと待ってくれ」ビルが遮った。「本来よりも早く花火が上がったと言ったね？

なぜだ？」

「ああ、ただの手ちがいですよ、たぶん」

「確認しなかったのか？」

「その必要はないと思ったので。まぬけなおばさんたちが探偵ごっこをしてただけでしょう」

「アガサ・レーズンはぼくの友人で、彼女はまぬけなんかじゃない。パーティーはいつお開きになったんだ？」

「三十分ぐらい前です。ミセス・ラガット＝ブラウンがすっかりだいなしになったから、もうお開きにしたいって言ったんです」

「向こうに行ってくる。そろそろ勤務は終わるが、改めて確認しておくのもいいだろう」

ガウンにくるまったミセス・ラガット＝ブラウンは、資格もない愚かな女たちが探偵と名乗れることについて、ビルに一席ぶった。さらに、ビル・ウォンのアジア系の顔つきに神経を逆なでされたせいで、田園地帯を荒らしている移民の外国人をこきおろした。

ビルは相手が言いたいだけ言うのを辛抱強く待ってから、口を開いた。

「ともあれ、家の裏側の二階の部屋を調べたいと思います」

「だけど、ゲストが泊まっているのよ！」

「ゲストルームではない部屋はありますか？」

「物置代わりの部屋だけ」

「まず、そこを調べさせてください。よろしければ……」

「ジェイソン、案内を任せてもいいかしら？　わたし、ショックが強すぎて動けないの」

「こちらです」ジェイソンは言った。「でも、すでに警察が調べましたよ」

物置部屋に着くと、ジェイソンはビルがハンカチをかぶせてドアのノブに触れるのをおもしろそうに眺めた。ビルは明かりのスイッチもハンカチで押し、ジェイソンに外で待つように命じた。

部屋には「古着」、「本」、「陶器」などのラベルが貼られた箱がぎっしりと片側に積み上げられていたが、窓辺まで行けるように通路ができていた。窓は下側が開いている。ビルは床に視線を向けながら、ゆっくりと窓に歩いていった。そこで膝をついた。窓の近くの床板に黒い染みがついている。床に鼻を近づけて臭いを嗅いだ。

「くそ、なんてことだ。これはガンオイルだ」

ビルは立ち上がり、あたりを見回した。ジェイソンはいらいらと外で待っている。ポケットからペンライトを取り出すと、箱と箱の隙間に向けていった。細い光線が光るものをとらえた。ビルは箱を片側に寄せ、またかがみこんだ。ライフルから排出された空薬莢だ。

ビルは部屋から出ると、告げた。「鑑識班が来るまで、ここは立ち入り禁止です」

「どういうことですか?」ジェイソンが言った。

「ミセス・レーズンの言うとおりだったんです。彼女のとっさの行動がなければ、あなたたちの一人が死んでいたんですよ」


翌朝、アガサとエマはオフィスにすわり、これからどうしようかと考えていた。

「小切手を返した方がよさそうね」アガサが言った。「あるいは、もう現金化したなら、現金を送った方がいいかもしれない」

長い爪にネイルを塗っていたミス・シムズが顔を上げた。

「あたし、あなたは絶対に何か見たんだと思うわ、ミセス・レーズン」

エマはアガサがふさぎこんでいる様子をひそかにおもしろがっていた。いつもはあらゆることに自信満々なのに。

「何をにやにやしているの?」ミス・シムズが鋭く問いつめた。

「ごめんなさい」エマは顔を赤らめた。「地元新聞に載ってビジネスに影響が出たりしたら困りますけど、アガサがあの人たちをプールに突き落としたときのことがすごくおかしくて」

「地元新聞に掲載されるにはもう遅すぎる時間だわ、ありがたいことに」アガサは言った。

「誰かがしゃべるんじゃないかしら。あんなにたくさんゲストがいたから」エマは言った。

電話が鳴り、全員が飛び上がった。

「レーズン探偵事務所です」ミス・シムズが高い声で名乗った。それから送話口を押さえてささやいた。「彼女です。ミセス・ラガット＝ブラウン」

「わたしは死んだって言って」アガサはうめいた。「いえ、やめておく。すませちゃった方がいいわね」

「もしもし」それから電話の向こうの耳障りなミセス・ラガット＝ブラウンの声に熱心に耳を傾けた。「すぐにうかがいます」アガサは言った。

彼女は受話器を置くと、勝ち誇ったようににっこりした。

「わたしが正しかったの！　ビル・ウォンがあとから向こうに行って、ガンオイルと空薬莢を発見したのよ。彼のコットンソックスに感謝。行きましょう、エマ、また現場に復帰よ。ミス・シムズ、留守にしている間に、ダグラスとサミーに電話して、ベニントンの案件で何かつかんだかどうか確認しておいて」

エマはうしろめたい気持ちでアガサのあとに続いた。実は夕べ遅く地元新聞に電話したのだ。そのときは、これもすべてアガサのためよ、と思った。アガサはあまりにも……なんというか……向こうっ気が強いから、鼻っ柱を折ってやる必要があるわ。エマは匿名で電話した。でも今日、新聞社がミセス・ラガット＝ブラウンを訪ねたら、真相を知るだろうと思って、エマは良心をなだめた。

荘園屋敷の敷地にはすでに警察機動隊が到着し、やぶをかきわけて調べていた。アガサがドアベルを鳴らすと、カサンドラが出てきた。

「ママは警察とリビングにいます。中に入ってください」

ウィルクス警部とビル・ウォンと女性の巡査がリビングにいて、ミセス・ラガット＝ブラウンとジェイソンと向き合っていた。

アガサが入っていくと、ウィルクスは顔を上げた。

「ああ、ミセス・レーズン、ここの聴取が終わったら、あなたに会いに行こうと思っていたんですよ。そちらで待っていてください」

長い聴取が終わりかけているようだった。ミセス・ラガット＝ブラウンは婚約を阻止しようとしている人間にはまったく心当たりがない、と何度も何度も繰り返していた。カサンドラはふった相手もいないし、嫉妬深いボーイフレンドもいなかった。ジェイソンの方も危険な人物や頭のおかしなやつは誰も知らなかった。

「とりあえずはこのぐらいでけっこうです」とうとうウィルクスは言った。「ミセス・レーズン、外の機動隊車両まで来てください。あなたの供述をとりたいので」

アガサは知っているわずかなことを警察に話し終えると、エマを連れて屋敷に戻っていった。

「どうかわたしを助けてちょうだい」ミセス・ラガット＝ブラウンはアガサにすがってきた。「何もかも、本当にぞっとするわ」

「あとでエマが契約の詳細を整理して、お知らせします」アガサは言った。「いいですか、屋敷に入りこんだ人物はあの物置部屋について知っていたんです。それから、誰が花火を始めるように命じたんですか？」

「村に住むジョー・ギルクリストが花火を仕掛けてくれていたの。わたしそっくりの声が、『ジョー、今すぐ花火を始めて！』と叫ぶのを聞いたんですって」

「では、女性がいたんですね。共犯者かしら？」

「そのようね」ミセス・ラガット＝ブラウンは指輪をはめた骨張った指でハンカチをねじった。

「元ご主人について、もう一度おたずねしなくてはなりません」アガサは言った。

「元ご主人にはカサンドラの婚約を阻止しようとする理由がありますか？」

「いいえ、全然。パーティーのことも知らなかったはずよ。彼に連絡をとろうとしたけど、休暇をとっているって会社から言われたから」

「なんという会社ですか？」

「〈チャーターズ〉よ、シティのロンバード・ストリートにあるわ」

「そこで長く働いているんですか？」

「もう何年も。でも、ジェレミーのはずがない。あの人はカサンドラをとてもかわいがっていますもの」

「最後にご主人と連絡をとったのはいつですか？」

「五月ね。娘へのプレゼントだと言って、美しいダイヤモンドのブレスレットを送ってくれたわ」

「お嬢さんに一度も会いに来なかったんですか?」

「離婚後は一度も」

「離婚はいつですか?」

「三年前よ」

「で、円満な離婚だったとおっしゃっていましたね」

「ええ、そのとおりよ」

嘘をついている、とアガサはピンときた。理由はわからないけど、嘘をついているのを感じるわ。

カサンドラが部屋に飛びこんできた。「パパが来たわ!」

「何ですって?」

「警察がパパと話している。海外に行ってたんですって。そのことをあたしに話しているときに、警察が近づいてきて、パパをあのトレーラーハウスの方に連れていったの」

「わたしのこと、すごく怒るでしょうね」ミセス・ラガット=ブラウンが泣き声をあげた。

「どうしてですか？」アガサがたずねた。

「カサンドラの面倒をちゃんと見ていなかったってなじられるわ」

「あら、そんなこと言う権利はありませんよ」アガサは反論した。「脅迫状を受けとったあとで、どうしても連絡がつかなかったんでしょう？」

ミセス・ラガット＝ブラウンは視線を落とした。指にはめたいくつもの大きな指輪が部屋じゅうに小さな七色の光をまき散らした。

「カサンドラ」母親が言った。「ママにコーヒーを淹れてもらえる？」

娘が部屋を出ていくのを待って、ミセス・ラガット＝ブラウンは口を開いた。

「彼のことは招待しなかったのよ」

「なぜ？」

「ああ、わからない。実は離婚を求めたのは彼の方からだったの、わたしじゃなくて。カサンドラの世話をしなくてはならないのは、このわたしだった。だから、最後の最後でいきなりやって来て、いいところを持っていかれたくなかったのよ。ミセス・レーズン、わたし、あなたにぜひとも調査をお願いしたいの。書類を送ってくだされば、すべてサインするわ。今は少し休ませてちょうだい。あとで相談させて」

「わたしに会いに来てくださるようにご主人に伝えていただけます？　時間があるときに電話をくださってもかまわないわ」

「そうするわ。じゃあ、どうか一人にしてちょうだい」

荘園屋敷の入り口は警察車両でふさがっていたので、アガサは道路に駐車していた。門から出ようとすると、地元新聞の記者に呼びとめられた。

「アガサ、何か話してもらえませんか？」

アガサは自分の勇敢な行為によってカサンドラの命が救われたことについて簡潔に話した。エマのことには触れなかった。カメラマンがアガサの写真を撮っている間、記者はこう言った。

「妙ですね、最初はあなたの早とちりだと思っていたんです。誰かに嫌われていますね。ゆうべ、どこかの女性が新聞社に電話してきて、あなたがとんでもなく馬鹿なことをしでかした、と言ってきたんです。敵がいるんですね」

「名前を名乗った？」

「いいえ、匿名のたれこみでした」

「どういう声だったの？」

「上流階級風」

「たぶんゲストの一人ですね」エマがつぶやいた。

アガサはこれまでの調査と同じように、カサンドラの狙撃事件に集中しようとした。しかし、小さな案件が次々に事務所に舞い込み、そちらも解決しなくてはならなかった。アガサはビジネスにかけてはきわめて優秀だったので、一度にひとつしか事件を引き受けなければ探偵事務所が赤字になることはよく承知していた。

行方不明のティーンエイジャー、犬や猫を探す依頼、不貞行為を働いている夫や妻についての相談。少なくともミスター・ベニントンはついに不倫していることが証明され、感じの悪い妻は意気揚々と証拠を持ち帰っていった。電子機器を使用した監視経費についてもすんなり支払ってくれたので、アガサはほっとした。

ある日オフィスを訪ねてきたビル・ウォンはアガサの悩みを聞いて、引退した刑事を雇ったらどうかと提案した。パトリック・マリガンという元刑事を推薦し、アガサに電話番号を教えてくれた。

「それで、どういうタイプのライフルが使われたの?」アガサはたずねた。「空薬莢から調べがついたんでしょ?」

「まだ科捜研の順番待ちなんですよ、アガサ。ただ、夫を徹底的に聴取しました」

「やったわね！　それで？　そうそう、彼はわたしに会いに来ることになっているのよ」

「鉄壁のアリバイがありました。狙撃された時間には、パリで休暇を過ごしていたんです。サン・ミシェル通りの小さなホテルに泊まっていた。その晩、スタッフが彼をはっきり見ています。六時頃にホテルに戻ってきて、二時間ほど外出し、戻ってきてそのままベッドに入ったそうです。イギリス海峡をひとっ飛びして、誰かを狙撃することは不可能ですよ。ただし、ひとつ手がかりをつかめました」

「何なの？」

「婚約者のジェイソン・ピーターソンは完全に潔白に見えますが、父親がインサイダー取引で刑務所に入っていたことがあるんです」

「でも、それがカサンドラの殺害予告とどういう関係があるのよ？」

「あのカップルはすでに遺言書を作成したことがわかったんです。カサンドラが死ねば、すべてはジェイソンのものになります」

「あの子には財産があるの？　つまり、お金をすべて握っているのは母親じゃないの？」

「去年、カサンドラは宝くじで百万ポンド当たったんです」

「まあ、びっくり。それで、ジェイソンの父親はどう説明しているわけ？」

「それが興味深いところなんですよ。彼はパーティーの当日、近所で姿が目撃されているんです。今は行方がわかりません」

「ジェイソンの母親の方は？」

「夫が刑務所に入ったときに離婚しました。今、彼女がどこに住んでいるのか誰も知らないようです。とりあえず屋敷に警備をつけていますが、ずっと警備を続けるわけにはいきません。そんな人員の余裕はありませんからね。政府が田舎の警察署を次々になくしたので、ますます広い地域を担当しなくちゃならなくて」

「あなたの推薦してくれた元刑事に電話してみるわね。エマは一生懸命やってくれているけど、専門家なら役に立つでしょう。ジェイソンのお父さんの人相を教えて」

「長身、やせていて、白髪交じりの髪、大きな鼻、黒い目、五十代半ば。それに、年の割に敏捷《びんしょう》なようですね。ファーストネームはハリソン。ハリソン・フォードといっしょです。去年刑務所を出てから働いていません。どこに住んでいるかなど、詳しいことはわかっていません」

「カサンドラがお金をあげていたのかもしれない」

「彼女はそれを否定しているし、本当のことを言っている気がします」

「ラガット＝ブラウン家をもう一度訪ねてみた方がよさそうね」アガサは言った。

ビルが帰ってしまうと、まずアガサはパトリック・マリガンに電話した。興味があるので、夕方早くオフィスに顔を出すと言った。エマは行方不明のティーンエイジャーを捜しに出かけていて、サミーとダグラスは夫や妻たちの不倫調査にかかっていたので、アガサは一人で出かけることにした。

ジェイソンの父親を見かけた情報が他にもないか、ヘリス・カム・マグナ近辺で聞き込みをしてみることにした。しかし、まず最初に荘園屋敷に立ち寄った。ミセス・ラガット＝ブラウンがドアを開けた。「ああ、ミセス・レーズン」彼女は愛想よく言った。「どうぞ入ってちょうだい。何かわかったのかしら？」

「一生懸命調べているところです」着手すらしていないとは認めたくなかったので、そう答えた。「元ご主人は帰ったんですか？　わたしに会いに来ていただけると思っていましたけど」

「リビングにどうぞ。ご説明しますから」

アガサは夫人のあとから薄暗い廊下を抜けて、チンツで装飾されたリビングに入っていった。ローラ・アシュレイ本人がお休みの日に作業したみたいに、いたるところにローラ・アシュレイの布地が使われている。

「実を言うとね、ジェレミーとわたしはまたやり直すことになったの。今、彼はここで暮らして、シティまで通っているのよ」

「それで、カサンドラはそのことを喜んでいるんですか？」

「もちろんよ。あの子はお父さんっ子だから」

「彼女は今どこに？」

「バーミューダ」

「バーミューダですって？」

「安全のために、娘とジェイソンを休暇に送り出したの」

「ミセス・ラガット＝ブラウン……」

「あら、キャサリンって呼んでちょうだい」

「わかりました。わたしのことはアガサで。キャサリン、警察はカサンドラとジェイソンが今バミューダにいるのを知っているんですか？」

「ええ、署長はわたしの友人だし、とてもいい考えだって賛成してくれたわ」

「ジェイソンの父親が近所で目撃されているようです。彼に前科があることは話してくれませんでしたね」

キャサリンはかすかに頬を赤らめた。「でも、すでに罪を償ったのだし、そういうことは忘れた方がいいでしょ、そう思わない?」

「殺人未遂に直面した場合は別です。その後、脅迫状は?」

「全然」

「警察は手紙に指紋を見つけるとか、どこで便箋などが購入されたのかわかったんですか?」

「いいえ。検査し終えたばかりじゃないかと思うわ」

「封からDNAは検出されたんですか?」今になって、ビルにたずね忘れた質問が次々に頭に浮かんだ。

「粘着テープ式のものだったみたい」

「今夜、ミスター・ラガット=ブラウンは帰ってきますか?」

「ええ、列車で帰ってくるわ。モートンに六時半に着くはずよ」

「わたしに電話するように伝えてください」アガサはバッグを開けて、名刺を取り出した。「どうしても彼と話がしたいんです。誰かのことで何か手がかりを思い出すかもしれない」

「わかったわ。伝えてみます。実を言うとね、あなたを雇ったことで、とても腹を立てているの。警察に任せておくべきだ、素人はかえって事態をめちゃくちゃにするって。彼を黙らせるために、あなたはクビにしたって言っちゃったのよ」

アガサは好奇の目を向けた。「結婚から解放されたことをあまり楽しめなかったようですね、キャサリン。元ご主人とまたいっしょになったとたん、あれこれ指図されているように見えますけど」

「でも、どうしても男性にそばにいてもらいたいのよ」キャサリンはため息をついた。

「だって、女は男性がいないと何もできないし、孤独だもの。フェミニストは女性が男性を必要とするのは、魚が自転車を必要とするようなものだと言っているけど、あまりにもくだらない言いぐさよ。だって、どうして魚の代弁なんてできるの？　魚だって、選べるものなら自転車をほしがるかもしれないでしょ」

「またうかがいます」キャサリンが妙な哲学をさらに熱く語り始めると厄介なので、アガサはすばやく口をはさんだ。「村にパブはあります？」

「〈オークス〉ね。村の真ん中にあるわ。門を出たら、左に曲がって」

アガサは〈オークス〉の前に駐車した。ランチタイムでおなかがすいていた。認めるのは嫌だったが、ふだんのだらけた生活が懐かしかった。猫たちと過ごす時間もミセス・ブロクスビーとのおしゃべりも恋しかった。婦人会の夕べすら出席できなくて寂しい。アガサとエマは昼も夜も働いていた。ため息をひとつつきながら、パブのドアを押し開けた。エマがいてくれてよかった。あの人はいい友人であり、勤勉な人だということがわかった。


エマはオフィスに入ってくるとすわりこみ、長い脚から靴を脱いだ。

「大変な一日だったの？」ミス・シムズがたずねた。

「暑い中、さんざん歩き回ったの」エマはため息をついた。「おかげで、あの行方不明の女の子を見つけられたわ。メモを渡すから、ランチのあとでタイプしてね」

「ちょっと出て、何か買ってこようかと思って」ミス・シムズは言った。彼女の長い脚がデスクの下から現れた。あんな高いヒールをはいて、よく足首が腫《は》れないわね、とエマは思った。「あなたにも何か買ってきましょうか？」ミス・シムズがたずねた。

「ありがとう、ハムサンドウィッチをお願い」

「パンはブラウン？　それともホワイト？」

「ブラウン」

「レタスは？」

「入れて、だけどマヨネーズ抜きで」

「了解。じゃあね」

エマは脚をマッサージした。新しい手柄についてアガサに報告するのが楽しみだった。アガサはとても感謝してくれている。今では新聞に悪意のこもった通報をしたことをうしろめたく思っていた。アガサには忠誠を誓わなくては。

ドアが開き、男が入ってきた。四十代後半で一分の隙もなく装っている。こぢんまりした整った顔立ち、金髪。

「アギーはいる?」彼は見回しながらたずねた。

「いいえ。ミセス・レーズンは事件の調査に出ています」

「わたしはチャールズ・フレイスだ」

「ああ、ミセス・ラガット＝ブラウンにわたしたちを推薦してくださった方ですね」

「そうとも」

「わたし、エマ・コンフリーです。アガサといっしょに仕事をしています。探偵なんです」

チャールズはにっこりした。「疲れているようだね。ランチでもどうかな?」

「サンドウィッチを買って来るように頼んだところなんです」

「放っておけばいいよ。さ、行こう」

ランチを食べながら、チャールズはエマから探偵事務所についてありとあらゆることを聞きだした。もちろんエマの成功は大げさに、アガサの成功は控え目に語られたが。さらに、同情深い聞き手に、エマは自分の人生について話したので、退屈したチャールズは「なんてすごい」と「まさか！」を交互につぶやいてお茶を濁《にご》した。ランチが終わる頃には、エマ・コンフリーはサー・チャールズ・フレイスに本気で恋をしていた。

こうした隠れ家のような村のパブが生き延びていることに、アガサはいつも驚嘆を覚えずにはいられなかった。このパブにはかなりお客が入っていて、最近の大半のパブと同じように、食事をするためのテーブルも置かれている。

アガサはフィッシュ・アンド・チップスを注文し、ウェイトレスが料理を運んでくると、最近ミスター・ハリソン・ピーターソンはパブに来たかとたずねた。

「警察もそれをたずねてたね」胸の大きなウェイトレスは答えた。ヒップをテーブルに預けて、他の食事客があげている手を無視した。「警察に、二日続けて来たって答えたよ。あの大きなパーティーの前にさ」

「ここには部屋があるの？　つまり、村に彼が泊まっていたのか知ってる？」

「ううん、ここでは部屋を貸してないよ。それに、みんな大きな車を持ってるんだしさ、ロンドンからだって日帰りで来られるよ」

「ジェス！」店主がカウンターの向こうから叫んだ。「お客さんだぞ！」

ジェスは立ち去った。アガサはフィッシュ・アンド・チップスを食べながら、これからどうしようと思案した。警察は一軒一軒聞き込みをしたようだ。休憩して家に帰り、猫たちに会い、ミセス・ブロクスビーを訪ねようと決めた。


玄関を入っていくと、猫たちはことさら無関心な態度をとった。アガサは嘆息した。二匹を置いてしばらく留守にすると、猫たちは掃除を頼んでいるドリス・シンプソンに愛情を向けてしまうようだ。まだ暖かだったので、猫たちを庭に出してやった。それから家に鍵をかけ、ほこりっぽい石畳の通りを牧師館めざして歩きだした。

ベルに手を伸ばしかけてためらった。牧師はアガサが訪ねていくたびに、招かれざる客だと言わんばかりの態度をとるのだ。牧師館の庭に通じる門の方に回ると、ミセス・ブロクスビーが枯れたバラを切っていた。友人が疲れている様子なのに気づき、アガサは胸をつかれた。穏やかな顔にはこれまで気づかなかった皺が刻まれ、ほっそりした背中は曲がっている。

門の掛けがねをはずし、中に入っていった。

「まあ、ミセス・レーズン。ようこそ。お茶を庭に運んでくるわね」

「おかまいなく。ランチをとったばかりなの。疲れているようね」

「暑さのせいよ。どうぞすわって。教区の仕事がいつもよりも大変で。全員に扇風機を買うために基金集めをするつもりでいたんだけど、驚くことに、どの店もすべて売り切れだったの。だけどねえ、どこかの企業が大量に運んできそうなものでしょ、台湾かどこかから。水をたくさん飲んでって注意しているけど、リウマチの人はトイレに行くのがとても辛いから、水分を控えているのよ」

「ヘルパーさんはいないの?」

「ええ、いるわ。それに地区の看護師もいるし、食事の宅配もある。でも、たくさんの人が死を怖がっているので、アルフは過労になってるの。だから、わたしが手伝わないわけにいかない。わかるでしょう」

「ええ」アガサは言ったが、心の中では自分がその立場だったら、国の福祉にすべて任せるだろう、と思った。

「最新の事件について話して、ミセス・レーズン」

アガサは椅子にもたれると、しゃべりはじめた。話しているうちに、ミセス・ブロクスビーのまぶたがひくつき、閉じかけた。アガサは声を低くした。まもなくミセス・ブロクスビーはぐっすり眠りこんでいた。アガサは古い庭の静けさを楽しんでいたが、ミセス・ブロクスビーに腕を揺すぶられ、はっと目を覚ました。

「起きて、ミセス・レーズン。二人とも眠りこんじゃったのよ。あなた、約束をすっぽかしたんじゃない？」

アガサは腕時計を見た。「あら、大変。もう行かなくちゃ。引退した刑事に会うことになっていたの！」

パトリック・マリガンは背が高くやせこけた男で、めったに笑わなかった。アガサは給料について相談し、さまざまな未解決案件のファイルを見せてあげるようにミス・シムズに指示した。

「例の狙撃事件はどうなっているんだね？」マリガンはたずねた。

「今抱えている案件がいくつか片付いたら、あなたにも調査に加わってもらいたいと思っているわ」アガサは言った。「さて、急がないと。モートン・イン・マーシュに到着する人を迎えに行くの」

いつものように列車は遅れた。アガサはモートン駅の花壇の脇で待ちながら、ミスター・ラガット＝ブラウンの人相を教えてもらっておけばよかったと後悔した。探偵業はけっこうむずかしい。しじゅう大切な質問を忘れてしまう。

とうとう長く延びた線路のはずれに列車が見えてきた。おそらく一等に乗っているだろう。となると、グレート・ウエスタン鉄道の列車なら後方の何両かだし、テムズ社の列車なら一両にぎっしりと一等客が詰めこまれているはずだ。

彼はどんな外見だろう？ビジネススーツを着て頭髪が薄くなりかけた小柄で身だしなみのいい男が目に浮かんだ。

列車がホームに入ってきて、乗客が降りてきた。いまや多くの人間が田舎からロンドンまで通勤していた。頭の中のイメージに近い男がせかせかと歩いてきた。

「ミスター・ラガット＝ブラウン？」アガサはたずねた。

男はアガサをじろっと見ると、歩き去った。「わたしを探しているんですか？」声がした。

アガサが振り返ると、とびぬけてハンサムな男性が立っていた。「ミスター・ラガット＝ブラウン？」

「そうです。あなたは？」

「アガサ・レーズンです」

「ああ、あの女性の探偵ですか」

「お話しできますか？」

「どうしてもとおっしゃるなら。しかし、警察が捜査しているのに、私立探偵にお金を払うのは馬鹿げていると妻に言ったんです。もっとも、わたしが口を出すことじゃないが。あそこのベンチにすわりましょう」

アガサはふいにしわくちゃのリネンのスーツとぺたんこの靴を意識した。ジェレミー・ラガット＝ブラウンは日に焼けた角張った顔に明るいブルーの瞳が印象的な長身の男性だった。ふさふさした白髪はかすかにカールしている。スーツはとびきり上等な仕立てだ。

「さて、何をお話ししたらいいのかな？」彼はたずねた。彼が煙草に火をつけたので、アガサもバッグを開けて自分のシガレットケースを取り出した。政府が煙草パックに印刷したいやらしい警告のせいで、シガレットケースがまたもや流行になっていた。

「もちろん、あなたのお嬢さんを狙撃したがっている人間に心当たりがあるかどうか、うかがいたいと思いまして」

「まったく見当もつかないですね。頭のおかしい人間にちがいない」

「ジェイソンの父親という可能性はあると思いますか？」

「ないでしょう。だって、どんな得があるんですか？　彼はインサイダー取引で刑務所に入ったが、サイコパスの殺人者じゃない」ふいにアガサに向かってにっこりした。「あなたは妻の話から想像していた女性とはちがうな」

「どう想像していらしたんですか？」

「ま、それは置いておいて、こんなに魅力的な女性とは思っていませんでした」

アガサの油断ならない体の奥で、懐かしい衝動がかすかにうごめくのが感じられた。

「カサンドラが殺されたら、ジェイソンが遺産を相続するんですよね？」

「つまり、父親が息子から金をもらおうとしたという意味かな？　まずないでしょう。若い娘が死ぬとはふつう考えないものだ。すべてが不気味ですね。わたしの考えを言いましょうか？　近所に頭のおかしい射撃の名手がいて、わたしたちを射撃練習の的として利用したんですよ」

「では、脅迫状の件は？」

「同じことでしょう。階級に対するねたみは常に存在するものですよ」

「もともと荘園屋敷には住んでいなかったんですよね？」

「何世紀にもわたって、あの屋敷はフェリエット家のものだった。だが、一族が破産して、われわれが買ったんです。そのせいで村人たちは女王が王座から降ろされたみたいな態度をとり続けてますよ」

「いつ荘園屋敷を買ったんですか？」

「八年ぐらい前です」

「そして、フェリエット家は今どこに？」

「サー・ジョージと奥方ですね。よく知りません」

「それから、奥さまとはやり直すんですか？」

「まあ、ある意味では。再婚するつもりはありませんが、どうにかうまくやってますよ。カサンドラを喜ばせるためにしていることです」

「狙撃事件が起きたときはパリにいらした？」

彼はにやっとした。「しかも、その事実にはたくさんの証人がいる。時間も遅くなってきたし、今夜は家でディナーをとるとキャサリンに約束しているんです。どうでしょう、週の後半にでも、二人で食事をしませんか？　そうすれば、あなたの質問にすべて答える時間がとれる」

「ぜひお願いします」アガサはあまり乗り気だと思われないように控え目な口調で応

じた。「では名刺をお渡ししておきますね」

彼が去ってしまうと、家に帰って顔をお手入れしたり、髪の根元を染めたりして静かな夜を過ごすことにした。アガサは豊かな茶色の髪をしていたが、根元に白髪が顔を出しはじめていた。

本当に電話してくるかしら？　まるで結婚していないみたいな態度だった。お食事には何を着ていこう？

ミセス・ブロクスビーの警告の声がかすかに聞こえた気がした。「あなたは恋愛中毒なのよ」だが、アガサの心はそれを打ち消した。男性のことで夢を見るのはとてもすてきだし、わくわくする夢はいつも心に空いた穴を埋めてくれる。夢がないと、アガサはアガサと二人きりで取り残されてしまう。決して認めようとしなかったが、アガサは自分をあまり好きではなかったのだ。

アガサは猫たちにえさをやり、自分にはシェパードパイを電子レンジ調理し、さらに付け合わせのポテトフライもチンした。それから二階でバスタブにゆっくり浸かり、髪を染める作業にとりかかった。カラーリングは美容師にやってもらった方がずっと上手なので、三回シャンプーするまで色がもつと謳《うた》っているブルネットのカラーシャンプーで我慢することにした。

〝恐怖の〟鏡と呼ぶ拡大鏡でじっくり顔を調べ、毛抜きをつかんで上唇から毛を二本抜いた。

ガウンをはおったとき、誰かが階下を歩き回っている足音が聞こえた。武器がないかと見回し、ヘアスプレーの缶をつかんで侵入者の目に吹きつけてやることにした。寝室の子機から警察に電話すればよかったと気づいたのは、階段を下りきったときだった。

足をのせると、いちばん下の段がきしんだ。

「あれ、きみかい、アギー?」のんびりした声がリビングから聞こえた。チャールズ・フレイスだ。

「ノックしてよ!」アガサは怒った。「心臓が止まるかと思った」

「だけど、鍵を渡してくれただろう、覚えてる?」

「いいえ。あなたがまだ鍵を持っていることは忘れてたわ」

「それにしても、その姿、傑作だね、アギー」

アガサは顔にクリームを塗りたくり、髪はタオルでくるんだままだったことを思い出した。二階に引き返しながら肩をすくめた。「我慢してもらうしかないわね、チャールズ。一杯やってたら？」

エマは横手の窓から食い入るように見つめていた。チャールズが車でやって来るのを見ていたのだ。彼が帰るのを待って待って待ち続けた。まさか泊まっていかないわよね？

とうとう疲れ果ててベッドに入った。エマは朝になったらミセス・ブロクスビーを訪ねようと決めた。自分がオフィスに現れなくても、事件で出かけていると思われるだろう。ミセス・ブロクスビーなら、二人がどういう関係なのか知っているはずだ。

ミセス・ブロクスビーはどうしてエマが訪ねてきたのだろうと不思議だった。コーヒーを出すと、エマはお天気について無駄話を始めた。とうとうミセス・ブロクスビーは言った。「仕事に行かないんですか？」

「オフィスにはあまり顔を出さないんです。調べなくちゃならない小さな案件がたくさんあるので」

ミセス・ブロクスビーはあえて沈黙を長引かせ、エマがこちらの心中を察して帰ってくれることを祈った。

「ゆうべ、サー・チャールズ・フレイスがアガサのところに泊まったんです」エマが沈黙を破った。

「あら、戻ってきたのね？　あの人、ミセス・レーズンの古くからの友人なのよ」

エマは作り笑いをした。「ただの友人ってことですか？」

「そうよ」

「それでも」とエマは音を立ててカップをソーサーに置いた。「男性を家に泊めるなんて、アガサは自分の評判をあまり気にしてないのかしら」

「この村の多くの人たちが友人を家に泊めていますよ」ミセス・ブロクスビーはエマの赤くなった顔を興味深げに眺めた。「そして、そのことを誰もなんとも思わないわ」

「チャールズはとても魅力的な男性ですね。きのうランチに連れていってくれたんです」

「そしてミセス・レーズンもとても魅力的な女性よ。だけど、彼女とサー・チャールズとの関係を噂する人は誰もいない、それは確かね」

「アガサが魅力的？」

「男性は彼女をセクシーだと思うんじゃないかしらね。さて、追い立てるようで申し訳ないけど、教区の仕事があるので」

「もちろんです。もう失礼します」

まあ、大変、とミセス・ブロクスビーは思った。気の毒なミセス・コンフリーは恋に落ちたのね。しじゅう女性誌はセックスについてとりあげているくせに、大多数の女性たちが切望しているのはロマンスだということに気づいてないようだ。売春婦のセックスのテクニックとかバイブレーターなんかの特集はけがらわしくて恥ずかしいと感じているのに。妙な話だわ。恋への執着について女性誌は警告すらしようとしない。人生も後半になってからのそれは強烈で、危険にすらなりうるのに。

ミセス・ブロクスビーは麦わら帽子をかぶると、教区の訪問に出かけた。アガサに警告しようとは思わなかった。というのも、長年にわたって大勢の人からしじゅう打ち明け話をされていたので、聞いた端から忘れる習慣が身についていたからだ。黙っていることでアガサの命が脅かされるかもしれないとは、まったく思いも寄らなかった。

4

「このジェレミー・ラガット＝ブラウンというやつはどこで働いているんだ？」チャールズが朝食の席でたずねた。

「〈チャーターズ〉だったと思うわ」

「いい会社だ。ロンバード・ストリートにある。あの会社には知り合いがいるよ。電話をしてみよう」

チャールズが電話をかけに行くと、アガサはコーヒーを飲みながら煙草をふかし、プロの探偵なんかにならず、昔みたいに解決する事件がひとつだけだったらよかったのに、と思った。

チャールズがにこにこしながら戻ってきた。「いいことを聞いたぞ。ラガット＝ブラウンはもう会社にいないんだ。自分で商売を始めたんだよ――輸出入の会社を」

「何を輸出入するの？」

「電子機器とかだ。フェッター・レーンのみすぼらしい建物の上階にあるオフィスだそうだ、昔の学校友だちによればね。ジェレミーはしょっちゅう出張しているらしい。一人で仕事をしているみたいだね。留守のときは秘書に会社を任せているようだ」

「なぜ〈チャーターズ〉を辞めたの？」

「株式仲買人の仕事に飽きたと言っているようだ」

「うさんくさいことをして辞めたとかじゃないの？」

「あとでもう少し探ってみるよ」

「本来なら、あなたの調査料も帳簿に載せるべきよね」アガサは言いかけたが、チャールズが貪欲そうな目つきになったので、あわてて続けた。「だけど、すでに赤字になりかけているから無理だわ」

チャールズはため息をついた。「カサンドラが宝くじに当たったことを考えてみて。不公平だよ。貧乏人だけが宝くじに当たるべきだ」

「あなたみたいな？」

「そのとおり」

「チャールズ、あなたのスーツ一着の代金で、一般家庭の一年分の食費に相当するわよ」

「それで思い出した、仕立屋の請求書をまだ払っていなかった。あの荘園屋敷はかつてフェリエット家のものだったって言ったよね。わたしは当主のジョージを知っているんだ。大学の同級生だったんだよ。どうしてフェリエット家に興味があるんだい？」

「ラガット＝ブラウン家が説明している以上のことを、彼らなら話してくれるんじゃないかと思ったのよ。今、どこに住んでいるのか知っている？」

「ええと、どこだったかな、そうだアンクームだ。電話帳に載ってるよ。ところで、アシスタントのエマをきのうランチに連れていったよ」

「あらそう。それはどうも。そろそろ出かけて、フェリエット家を訪ねてみない？」

「いいとも。昔みたいだね。探偵事務所の方はどうするんだ？」

「今のところ、わたしがいなくても大丈夫。ちゃんと機能しているわ。エマと新しく雇った元刑事で、仕事はすべて処理できるはずよ」


フェリエット家はアンクーム郊外の小さなコテージに住んでいることがわかった。最近のコッツウォルズでは、もっと小さなコテージを買うにも大金が必要だったが、アガサはチャールズに庭の門を開けてもらいながら、フェリエット家はあの荘園屋敷を手放してここに引っ越したことで、なんて落ちぶれたものだと、さぞかしくやしかったでしょうね、と推測した。

ストーンウォッシュのジーンズにオープンネックのストライプのシャツを着た四十代後半の小太りの男がドアを開けた。「おや、チャールズじゃないか」男は叫んだ。「どうしてまたここに？　何十年ぶりだろう。さ、入ってくれ」

二人は彼のあとから小さなリビングに入っていった。アガサはあたりを見回した。田舎屋敷のリビングがスケールダウンしたかのような部屋だった。アンティークの美しい家具がいくつか置かれ、一族の肖像画が壁をびっしり埋め尽くしている。

「妻は出かけているんだ」ジョージ・フェリエットは言った。「でも、さっき淹れたコーヒーのポットがキッチンにある。それでかまわないかな？」

「いいとも」チャールズは言った。「アガサ、ジョージだ。ジョージ、アガサだ」

「キッチンは狭くてすわれないんだ。そこで待っていてくれ。コーヒーをとってくるよ」

「彼のおやじさんはギャンブラーだったんだ」待っている間にチャールズはささやいた。「おまけに、相続税で財産をごそっととられたんだよ」

「彼もあなたと同じ准男爵なの？」

「そう、とても古い一族でね。あの荘園屋敷は何世紀にもわたって一族のものだったんだが」

「お気の毒ね」

ジョージがトレイを手に部屋に入ってきた。「さあ、どうぞ。アガサはミルクを？」

「ブラックでけっこうです」

「チャールズ、お好みでどうぞ。さて、どういう風の吹き回しでやって来たんだね？」

「アガサは探偵なんだ」チャールズが切りだした。「それで、荘園屋敷の狙撃事件を調べているんだよ。あそこの娘を誰かが撃ち殺したがる理由を思いつくかい？」

「いや。狙われたのがミセス・ラガット＝ブラウンなら、わかるけどね。彼女が屋敷に手を加えて、とんでもなく悪趣味な建物にしてしまったのを見たかい？　屋敷に対する愛情のかけらもない。そもそもラガット＝ブラウンという名前じゃなかったしな」

「ほう、何と言ったんだ？」

「ライアンだ。ジェレミー・ライアンはラガット＝ブラウンの方が聞こえがいいと考えて、平型捺印証書を提出して改名したんだよ」

「もっともったいぶった名前を選んだってわけか」チャールズが言った。

「言っておくが、あの連中の上品さなんて上っ面だけだよ。一皮むけば、ぞっとするほど卑しい。夫人は父親が商売で儲けた金を受け継いだんだ。しかも、その商売っていうのが何だと思う?」

「さあ」

「犬用ビスケットだ」

「きみはスノッブになりかけてるな、ジョージ。犬用ビスケットのどこが悪いんだ?」

ジョージは嘆息した。血色のいい顔と小さな口は、傷ついた赤ん坊を連想させた。

「たしかにそうだ、わかってる。あの女のやり方のせいなんだよ。傷口に塩をすりこむんだ。『こういう屋敷を維持できないんでしたら、わたしのようにそれができる相手に売るのが分別ってものですわ』てなことをずっと言われ続けたんだよ。売買契約のときも、哀れみと軽蔑を露骨に見せた。あの女のことは心から憎んでいる。ま、わたしがあの女を心底憎んでいるぐらいだから、他にも誰かをひどく怒らせたにちがいないよ、絶対に」

「奥さんはどこなんだ?」チャールズがたずねた。

「村に買い物に行ってる」

「それからフェリシティは?」

「海外だ。しょっちゅう旅行しているんだ」

「今は何をしているんだい？」

「さるオートクチュールのアシスタントだよ」

「どこのオートクチュール？」

「チャールズ、こんなに質問攻めにされるのは不快だよ。まるで、あの家の愚鈍な娘をフェリエット家が殺そうとした、と言わんばかりじゃないか」

「すまない、ジョージ。いつもアガサといっしょに誰が誰を殺したのかを探りだそうとしているものだから、すっかり感化されたようだ。話題を変えよう」

アガサはコーヒーを飲みながら、二人の思い出話に耳を傾けていた。煙草が吸いたくてたまらなかったが、どこにも灰皿はないようだ。

とうとうチャールズは暇《いとま》を告げた。車で走り去りながら、チャールズは言った。

「気の毒なジョージ。あれこれ質問したせいで、すっかり怒らせてしまった。あの一家が事件に関係しているはずがないよ。わたしたちにも警察みたいな権力があるといいんだけどなあ。いっそ婚約者の父親のピーターソンを見つける方が有望かもしれないぞ。ねえ、アガサ、元刑事を雇ったって言ったよね。引退した刑事はたいてい警察内にコネがあるものだ。このあとは彼に少し調査をしてもらったらどうかな？」

アガサは無念そうに苦笑いした。「そして、わたしは迷い猫と迷い犬と迷子の案件を引き受けるってこと？　でも、試してみる価値はありそうね」

チャールズはアガサといっしょにオフィスに行った。パトリック・マリガンはミス・シムズにメモを口述しているところで、ミス・シムズはパソコンにそれを打ちこんでいた。アガサはよくあんな長いネイルでキーがたたけるものだと、不思議でならなかった。

エマは足元に小さなヨークシャーテリアを置いて、ソファにすわっていた。「飼い主に電話したところです」エマは言った。「すぐに迎えに来ます」

エマはチャールズに目を向けようとしなかった。だがチャールズは愛想よく「やあ、エマ」と声をかけた。

エマは何かつぶやき、かがんで犬をなでた。

「パトリック」アガサが声をかけた。「ちょっと作業を中断して。この銃撃事件にあなたの力が必要なの」

アガサが話しているときに犬の飼い主が入ってきて、感謝の言葉をまくしたてた。飼い主が帰ってしまうと、エマはメモを検討した。今度は行方不明のティーンエイジャーだ。キンバリー・ブライトという十七歳の女の子。エマはため息をついた。チャールズがやって来て隣にすわった。「うんざりしているみたいですね。どうしたんですか？」

「これから行方不明の十七歳を捜さなくちゃならないんです。だけど、ジェネレーションギャップがあるから、わたしにはむずかしいわ。最近の女の子がどういう行動をするのか、さっぱりわかりませんもの」

「ミス・シムズならよく知ってるでしょう」チャールズは言った。彼はアガサに声をかけた。「アガサ、エマは十七歳の女の子を捜すことになっているんだけど、ミス・シムズの方が、どこをどう調べたらいいのか詳しいんじゃないかな。ミス・シムズに調査に行かせて、エマにはタイプをしてもらったらどうだろう？」

「まあ、ぜひやってみたいわ」ミス・シムズが言った。

「そう、いいわよ」アガサは賛成した。「ミス・シムズにファイルを渡して、エマ。わたしはパトリックと早めのランチをとりながら、事件の詳細の残りを説明してくるわ」

チャールズは眉をつりあげた。今、アガサは仕事のことしか頭にないんだろうが、これほど失礼で無神経な態度をとるとは驚きだ。

「エマ、きみもきっと昼休みをとりたいだろう」チャールズが言った。「ぼくがランチに連れていくよ」

エマはうれしそうに頰を染めた。だが、アガサが切り口上でこう言ったので、表情が曇った。「じゃあ、誰が電話に出るの？」

「あたしが残ってます」ミス・シムズが言った。「写真を調べて、エマがすでに捜した場所についてファイルを読みこんでおきたいから」

ミス・シムズのような若い女性が自分をファーストネームで呼ぶなんておこがましいと、一瞬、エマは思った。どうやら自分も苗字でしか呼び合わない婦人会の伝統に染まってしまったようだ。

すると、アガサがドアのところで振り返ってこう言ったので、エマは落胆した。

「ごめんなさい、チャールズ。あなたも誘うべきだったわね」

「そうとも。だけど、わたしがエマをランチに誘ったから、あなたたちはさっさと行ってかまわないよ」

おかげでエマは有頂天になった。女子高生のようにはしゃいで、エマはランチの間じゅう自分の人生についてべらべらしゃべり続け、夫に虐待され、同僚にもいじめられていた、と告白した。それによって、チャールズの庇護者的な部分に訴えかけられるにちがいないと思ったのだ。しかし、エマはチャールズがそういう側面をこれっぽっちも持ち合わせていないことを知らなかったし、被害者意識の強い人間だというレッテルを貼られてしまったとは夢にも思わなかった。

「元ライアンのジェレミー・ラガット＝ブラウンだが」とパトリックがランチをとりながら言った。「パリでのアリバイはチェックしたかね？」

「完璧だったわ。それに自分の娘を撃ち殺したがる理由がないでしょ？」

「じゃあ、ヘリス・カム・マグナからとりかかり、今夜、婚約者のジェイソンと話してみるよ」

「できないわ。彼はバーミューダにいるのよ、覚えてる？」

「忘れてた。おれは警察にまだコネがある。あんたに頼まれる前に、自分で少し調べてみようと思ってたんだ。ハリソン・ピーターソンの行方が突き止められたのかどうか、探りだしてみるよ。おそらく空港や港には警官を張り込ませているだろう。それはまちがいない。ただ、警察が捜査中の場所に行くのは避けたいんだ。それから図書館でそのインサイダー取引の古い記事を探して、写真も手に入れてくるつもりだ」

「どんな銃が使われたのか、警察はもうわかったの？」

「言わなかったっけ？　実はとても興味深いんだ。スナイパーライフルだったんだよ。

パーカー＝ヘイルのM—85。一流のスナイパーライフルだ。九百メートル離れたところから正確に標的を狙撃できる。このライフルはプッシュ式セイフティで、銃口にはフラッシュサプレッサーがとりつけられ、さまざまなスコープに対応する一体型マウントが装備されている。ようするにプロの殺し屋が使うようなやつだ」

「だけど、プロの殺し屋だったら、最初にわざわざ脅迫状を送るとは思えないわ」アガサは指摘した。

「たしかに。このライフルはセーブル・ディフェンス・インダストリーズによって、ここイギリスで製造されている。警察は帳簿を調べて、売られたライフルをすべて追跡しようとしているようだ」

「鑑識は何か発見したの？」

「きわめて冷静な人間を相手にしているってことだけだ。そいつは手袋をして、すばやく物置部屋から出ていったので、指紋は残っていなかった。廊下と階段には分厚い絨毯が敷かれていたしな」

「急いで立ち去る必要はなかったのよ」アガサは苦々しげに言った。「だって、警察は屋敷に入っていったけど、物置部屋にすら入らなかったと思うわ。ドアをちょっと開けて、のぞいただけ。たいした捜索ぶりよね。本当のことを言うとね、この探偵事務所の仕事はあまり楽しくないの。行方不明のティーンエイジャー捜しは気が進まないのよ。だって、両親はたいてい憔悴しきっているし、警察に見つけられない人間を見つけるのはめちゃくちゃむずかしいわ」

「警察だと、行方不明の子供一人のために広範囲に捜索するからな。しかし、十代後半だとあまり熱心に捜索をしない。サミーとダグラスは何をしているんだ？」

「不倫案件。気前よくお金を払ってもらえるの」

「これからヘリス・カム・マグナに行ってくるよ」

「ちょっと待って。ハリソン・ピーターソンはパーティー当日にヘリス・カム・マグナで目撃されているんでしょ。誰が彼を見かけたのかしら？」

「情報提供があったんだ。ミセス・ブランドフォードっていう女性だ。まず彼女に話を聞くよ」


アガサはオフィスに戻っていった。パトリックと話していると、自分がずぶの素人のような気がしてくる。ハリソン・ピーターソンを見かけた人の名前をどうしてビルに訊いておかなかったのかしら？

いらだたしいことに、オフィスには鍵がかけられていた。ドアを開けて、中に入っていった。エマはメモを残していた。「ちょっと気分が悪いので家に帰って横になります。ミス・シムズは調査に出かけています。エマ」

午後はだらだらと過ぎていった。ミス・シムズは戻ってこないし、チャールズも姿を見せなかった。とうとうアガサはオフィスに鍵をかけて家に帰ると、まず最初にエマのコテージを訪ねたが、返事はなかった。

自分のコテージに「チャールズ！」と叫びながら入っていった。家はしんと静まり返っている。二階の予備の寝室に行ってみた。チャールズは一泊用のバッグを持ってやって来たのだが、それがなくなっている。アガサはチャールズを怒らせてしまったのだ。これまでの経験から、チャールズが腹を立てると、当分戻ってこないとわかっていた。

アガサがまた一階に下りると、電話が鳴り出した。かつてのアシスタント、ロイ・シルバーだった。

「アギー」ロイは叫んだ。「ずいぶんごぶさたですね。フリーでPRの仕事をやってみませんか？」

「無理なの、ロイ。自分の探偵事務所を開いたのよ」

「へえ、わくわくするな。週末にそっちに行ってもいいですか？」

「もちろんよ。車で来るの、それとも列車?」

「列車で。そろそろ落ち葉が線路に積もってトラブルを起こす季節なんで、たぶん列車が遅れます。金曜の八時頃に着くと思います」

「了解」


またロイに会えると思うと、アガサはぐんと気分がよくなったが、チャールズが帰ってしまったことは残念だった。デスクに行くと、探偵事務所の経理が記録されたディスクを手にとり、パソコンに入れて数字を調べた。

これだけたくさんのスタッフを雇ったにもかかわらず、少しだが利益が出はじめている。不倫案件は料金が高額だし、さらに離婚弁護士からかなりの数の案件が入ってきていた。

パソコンをログオフして、チャールズに電話しようとしたときに携帯電話が鳴った。

「ジェレミー・ラガット=ブラウンです」電話の向こうの声は言った。「覚えていますか?」

「あら、もちろんです」

「もうディナーはおすみですか?」

「いえ、まだです」

「ごいっしょに軽く食事でもいかがですか?」

「それはすてきですね。奥さまもごいっしょかしら？」用心しながらたずねた。

「キャサリンは今夜、女性協会の会合に出ているんです」

「では、それでしたら……」

「八時に迎えに行きますね。お住まいはどちらですか？」アガサは名刺にオフィスの電話番号といっしょに自宅と携帯の電話番号も載せていたが、住所は記していなかった。道順を教えた。それから、受話器を置いて時計を見ると、小さな悲鳴がもれた。すでに七時半だ。

大急ぎで二階に行き、クロゼットから手当たり次第に服をとりだし、ベッドに並べた。そのとき、メイクをしなくてはいけないのに、何を着ていくかで貴重な時間を費やしている場合じゃない、と気づいた。

ドアベルが鳴ったときに、ようやく仕度ができて階段を下りていった。黒のシースドレスにとても高いヒールの靴をはき、カシミアのストールを腕にかけていた。ドアを開け、ジェレミーがジーンズにオープンネックのシャツなのを見て、アガサはがっくりした。

「華やかですね」彼は言った。

「ちょっと華やかすぎたかしら。もっとカジュアルな服に着替えましょうか？」

「いや、そのままで。とてもすてきです」

忘れないで、と彼のメルセデスに乗りこみながら、アガサは自分に釘を刺した。この人、正式に結婚していないかもしれないけど、元妻と暮らしているんだから、またやり直すってことなのよ。

ジェレミーが連れていってくれたのは、ブロードウェイに新しく開店したフレンチレストランだった。「わたしが注文しましょうか？」彼はたずねた。

「お願いします」アガサはお行儀よく答えたが、せめてメニューを見ますか、ぐらい訊いてくれてもいいのにと不満だった。

注文をすませると、あの濃いブルーの目でアガサに笑いかけた。ジェームズも青い目だった、と思い出し、元夫のつらい記憶がアガサの頭に忍びこんできた。「あなたのことを話してください。それにどうして探偵業に飛びこんだのかも」彼は言った。

ジェレミーは聞き上手だったし、アガサは自分自身のことや冒険について話すのが大好きだったので、まずい食べ物の方にあまり注意が向かなかったのは、ジェレミーにとって幸いだった。ただし、鴨のコンフィは、ほとんど生のゴムみたいな鴨の肉片が水っぽいジャムみたいなものに浸かっていることにはさすがのアガサも気づいた。

食事のしめくくりにブランデーとコーヒーが運ばれてきたところで、今夜アガサは、ほぼ一人でずっとしゃべっていたことにはたと気づいた。

「あなたのことはほとんどうかがっていなかったわ」アガサは申し訳なさそうに言った。「どうして輸出入のお仕事を始められたんですか？」

青い目が一瞬鋭くなったと思ったのは、ただのアガサの想像だろうか？　それから彼は破顔した。「さすが探偵さんですね。株式仲買の仕事にうんざりしたんですよ。もともとは電子機器のエンジニアだったんです。何社かの一流企業にもつてがあったので、電子機器を輸出入する仕事は簡単に始められました。しかし、こんな話は退屈でしょう。ハリソン・ピーターソンは見つかったんですか？」

「引退した刑事がスタッフの一人なんですが、彼が捜しているところです。ピーターソンが犯人にちがいないわ。彼のことはご存じですか？」

「株式仲買人だったときに面識だけはあったが。実はカサンドラとジェイソンの婚約に、わたしは心から賛成しているとは言えないんです。あの家には悪い血が流れていますよ」

「父親がカサンドラを殺す計画に、ジェイソンも加担していると思いますか？」

「どうしてまた彼が？」

「二人は共同遺言書を作成したんです、カサンドラとジェイソンは。カサンドラが宝くじに当たったことはご存じですよね。ジェイソンが犯人じゃないことを祈りたいですね。今、あの二人はバーミューダに行っているので」

「まさか。何かあったらジェイソンか父親がすぐに疑われてしまう。周囲の話だと、ジェイソンは父親に心服しているようですね」

「母親はどこにいるんですか？　カサンドラを狙撃しようとした人間には女性の共犯者がいるんです」

「ジェイソンは父親と離婚したことで、母親をどうしても許せなかったんです。彼女がどこに住んでいるかは知りません」

アガサはため息をついた。「実は、いろいろなことを訊くのを忘れてしまって。警察はもう彼女の居所を見つけているかもしれないわ」

ジェレミーは勘定書きを頼み、アガサは席を立って化粧室に行った。メイクを直しながら、あれこれ悩みはじめた。また食事に誘ってくれるかしら？　どうしてあんなにべらべらしゃべったんだろう？

「もう、大人になりなさい、アガサ」鏡の中の自分を叱りつけた。「彼は結婚していないとしても、既婚者同然でしょ」

アガサは化粧室を出た。ジェレミーは立ち上がった。「今夜はとても楽しかった。またこういう機会を作りたいですね」

そのあとの短い沈黙に、アガサは「いつですか?」とたずねそうになるのをかろうじてこらえ、代わりにこう言った。「楽しみにしています」

ジェレミーは家まで送ってくれた。家で一杯どうかとアガサは誘ったが、ジェレミーはそろそろ家に帰らなくてはならないと答えた。アガサはいささかしらけた気分で家に入っていった。

留守番電話のメッセージをチェックすると、一件入っていた。パトリック・マリガンからで、「ハリソン・ピーターソンの居所を突き止めた。イヴシャムの〈ヘレフォード〉っていう小さなパブで貸している部屋に泊まっていた。明日の朝十時に訪ねることになった。いろいろ話したいことがあると言っている。今夜、口を割らせせようとしたんだが、会えなかった。ドア越しにしゃべったんだ。この件を警察に連絡するべきかな?」

アガサは急いでパトリックに電話した。「警察には行かないで」と命じた。「これはわたしたちの手柄よ。オフィスで九時に待ち合わせましょう」

ジェレミーとの夜は頭から消し飛んだ。興奮のあまり、その晩はろくに眠れなかった。

翌朝、オフィスに行ったアガサはエマの変貌ぶりに一瞬だけ気をとられた。エマは髪をブロンドに染め、巧みにメイクをほどこし、高級な仕立ての黒いパンツスーツを着ている。田舎の催しでよく見かけるジンで酔っ払った歯が目立つ若作りの女性ってとこね、とアガサは値踏みした。具合が悪いと言ってエマが早退したことはころっと忘れていた。

「ねえ、パトリック、どうやって彼にたどり着いたの?」アガサはたずねた。

「このミセス・ブランドフォードっていう女性と会ってきたんだ。ヘリス・カム・マグナに住む夫を亡くした女性でね、彼女はハリソンと顔見知りだったんだ。お茶を出したそうだ。ハリソンは婚約パーティーからつまはじきにされたことで腹を立てていたらしい。父親の居所を知らなかったせいで息子は連絡できなかったんだろう、とおれがとりなすと、息子とはずっと連絡をとっていたが、ミセス・ラガット＝ブラウンがハリソンを招こうとしなかったと説明したそうだ」

「あの女ったら。それについてひとことも言わなかったわ」

「ハリソンは今どこにいるのかとミセス・ブランドフォードにたずねると、すっかり落ち着きを失って、知っていたら警察に話していた、って言うんだ。どうやら彼女はハリソンに気があると見たね。やっとのことで、イヴシャムのパブに部屋をとるようなことを口にしていた、と白状したんだ。おれは人相書きを用意して部屋を貸しているパブを調べていった——数えるほどしかなかったよ。で、〈ヘレフォード〉にたどり着いたってわけだ」

「お見事」アガサは言った。「さ、そこに行きましょう」

イヴシャムに向かう車の中で、パトリックは不安そうに口を開いた。

「この件では嫌な予感がするんだ。すべて警察に任せるべきだったのかもしれない」

「パトリック、ミセス・ラガット＝ブラウンはわたしの調査に多額のお金を払ってくれているのよ。警察の方が先にハリソンを見つけたら、彼女はすべて警察のおかげだと考えて、こちらの料金を値切るかもしれない。うちの事務所はようやく黒字になりかけているところなの」

「わかってる、わかってるよ。ただ、腹の中で嫌な感じがするだけだよ」

〈ヘレフォード〉はイヴシャムの鉄道駅近くにあった。パトリックは車を駐車場に入れた。「パブはまだ閉まってるわね」アガサが言った。

「大丈夫だ。脇階段で部屋に上がれるから」

「不用心ね」パトリックが脇のドアを開けると、アガサは言った。「誰でも入っていけるじゃないの」

「まあ、イヴシャムの薄汚いパブじゃ、泥棒の心配はほぼいらないんじゃないかな。二号室が彼の部屋だ」

二人はビールのすえた臭いがする、絨毯が敷かれていない階段を上がっていった。パトリックはドアをノックした。

「ハリソン？　おれだ。パトリック・マリガンだ。開けてくれ」

返事はなかった。

「くそ」パトリックはぼやいた。「ずらかったのかもな。やっぱり、ゆうべ警察に通報すればよかったよ、アガサ」

「ドアが開くか試してみて」アガサがうながした。

パトリックがノブを回すと、ドアは開いた。狭くて暗い部屋には、たんすと洗面台とテーブルと椅子と狭いベッドだけしかない。

そして、そのベッドには男がうつぶせに横たわっていた。

5

「待て！」アガサが駆け寄ろうとすると、パトリックは制止した。薄いビニール手袋をふたつとりだした。「これをつけて」

アガサは言われたとおりにすると、声を殺してたずねた。「まさか死んだりしてないわよね？」

パトリックはベッドの男に近づき、かがみこんで首筋に触れた。それから体を起こした。「脈はない」

二人は室内を見回した。睡眠薬とウオッカの空のボトルがベッドわきに置かれていた。ウオッカのボトルにはたたんだ紙片が立てかけてある。パトリックはそれをつまみあげ、慎重に開いた。

「何て書いてあるの？」アガサはたずねた。

パトリックは読み上げた。「おれはカサンドラを殺そうとした。ジェイソンが彼女の金を手に入れたら、少し分け前をもらい、自分でビジネスを始められるからだ。だが、こんな自分にはもう愛想が尽きた。ライフルは川に捨てた」

「タイプで打ったもの？」アガサはたずねた。

「パソコンとプリンターがテーブルにある。ちくしょう。ここから出なくては。今警察に行ったら、捜査妨害で訴えられるだろうし、ミセス・ブランドフォードには巻き込まないって約束したんだ」

「外の防犯カメラは？」

「設置されてない。すでに調べた。さあ、行こう」

車に乗りこみ、イヴシャムを出ると、アガサは言いだした。「あんな手紙、誰にだって書けるわよ」

「鋭い推理だ。だが、おれの経験だと、現実の事件は探偵小説とちがうからな。あいつが自分でやったと言ってるなら、実際にやったんだよ。このことはオフィスの誰にも言うなよ」

「わたしたちが話し合っていたのを全員が聞いてたわよ」

パトリックは電話ボックスのある待避所で車を停めた。「匿名で警察に電話したら、猛スピードで帰ろう。最近の警察はただちに発信元を追跡できるからな」

アガサはパトリックが電話ボックスに入っていくのを見ていた。彼は手短に伝えてから、車に飛び乗った。「行くぞ。全速力で飛ばす。オフィスに戻ったら、彼は死んでいてすでに警察が来ていたから引き返してきた、そう説明する」

「スタッフはみんな信用できるわ。秘密を守るように誓わせられるわよ」

「おれは誰も信用しない」

「わかった。あなたのやり方でいきましょう。これでミセス・ラガット＝ブラウンの案件は終了ね」

彼は肩をすくめた。「別に彼女の案件がなくても困らないだろう？　仕事は毎日入ってくるんだから」

アガサは急にチャールズが懐かしくなった。ハリソンの死に心がかき乱されていた。事件についてチャールズと話し合ったら、もっといい考えが浮かぶかもしれないのに。だけど、ロイがもうじき来るし、彼は聞き上手だ。

その日遅く、ミセス・ラガット＝ブラウンはアガサに電話してきて、ハリソンが発見されたのでほっとした、と言った。そして最後にこうしめくくった。「ジェレミーのアドバイスに従ってすべて警察に任せていれば、大金を節約できたわね」

アガサは自分の探偵事務所が調査しなかったら、事件は永遠に解決できなかっただろう、と言い返してやりたかった。

チャールズに電話すると、叔母が出て、チャールズは海外に行ったと言った。

アガサはすわりこんで、デスクを指でトントンたたいた。それから、はっとした。もしもウオッカのボトルやグラスから指紋が検出されなかったら、誰かがハリソンの自殺を仕組んだということになる。

パトリックの携帯電話にかけた。「あとで確認してみるよ、アガサ。だけど、あなたは犬や猫やティーンエイジャー捜しと離婚案件に戻らなくちゃならないと思うよ」

ミス・シムズが入ってきた。仕事がうまくいったので顔が紅潮している。行方不明の十代の女の子を見つけたばかりか、その子を親元に連れ戻すことができたのだ。

「まあ、お手柄ね」アガサは言った。「もう少し利益が出たら、もう一人事務仕事をする女の子を雇うわ。そうしたら、あなたも調査に出られるでしょ」

「あら、すてきですね」ミス・シムズは楽しげにエマに話しかけた。「どうしてまたそんなにおしゃれをしているんですか？　彼氏でもできたんですか？」

エマはさっと顔を赤らめた。「ただ、身だしなみを整える気になっただけよ」エマは小さな声で答えた。

金曜の夜、アガサはロイをモートン・イン・マーシュの駅で拾った。ロイは白ずくめだった。白いシルクのスーツ、白いパナマ棒、白いハイヒールブーツ。

「今度は何になるつもりなの？」アガサはたずねた。「デルモンテのCMの男みたい」

「これが流行なんですよ、いとしい人」ロイは答えた。「アイスクリームみたいでしょう。このところずっと暑いですからね。絶対、こういう服装が流行しますよ」

「食事は外でしたい？　それとも家？」

「外で」ロイはアガサの電子レンジ調理の食べ物を何度か味見したことがあった。

「何を食べたい？」

「中華かな」

「イヴシャムにおいしい店があるわ。あなたが運転してくれるならね。わたし、くたくたなの。今週は消耗する一週間だったから」

箸でつまんで大量の中華料理を食べる合間に、アガサはラガット＝ブラウンの案件とハリソン・ピーターソンの自殺について洗いざらいロイに話した。

食後の緑茶のポットが運ばれてくるまで、アガサの話はずっと続いた。

「なるほど」ロイは椅子にもたれ、口元をナプキンで神経質にぬぐった。「何もかも妙ですね。だって、彼はおたくの探偵と会う約束をしてから自殺したんですよ」

「わたしもそう思ったの。でもパトリックは警察とすでに連絡をとっていて、何か不審なことが出てきたら教えてくれるって。ねえ、ピーターソンは遺書をパソコンで打って、印刷していたの。別人が彼になりすましてタイプしたなら、キーボードをふいたはずよね」

「テレビでそういう鑑識ものの探偵ドラマはすべて見てますけどね、それだとばれますよ」

「ここではドラマみたいにはいかないと思うわ。科捜研はたくさんの事件で手一杯だし。遺書があるうえ、空のウオッカのボトルと睡眠薬まであったら、あまり熱心に調べないんじゃないかと思う」アガサは言った。

「誰が睡眠薬を処方したんだろう？　医者の名前がボトルに書かれているはずですよ」

「そんなことを知ってどうするの？」

「ハリソンについて、もうちょっとわかったらおもしろいんじゃないかな」

「薬のボトルなんて調べようとも思わなかった。すごいショックで。もしかしたらパトリックが気づいたかも」

アガサはパトリックの携帯にかけた。「あなたも気づかなかったのね」ロイはアガサがそう言うのを聞いた。「どうにかして調べられない？　妙に感じるかもしれないけど、どうしても知りたいの。わかった、ありがとう。じゃ、月曜にオフィスでね」

「週末は仕事をしないんですか？」アガサが電話を切ると、ロイはたずねた。

「通常はしているわ。だけど、みんなにゆっくり休むように伝えたの。このところ全員が長時間勤務だったから」

エマはコテージの横手の窓からアガサとロイが車で到着するのを眺めていた。ロイは旅行鞄をトランクからとりだし、アガサについて家の中に入っていく。エマの古めかしい考えでは、男性が女性の家に泊まる理由はひとつだけだった。胸が悪くなった。あの男はアガサよりもあきらかにずっと若い。チャールズはこの関係を知っているのだろうか。

一階に下りて、『貴族年鑑』からコピーした資料を眺めた。チャールズはウォリックシャーにあるバーフィールド屋敷を所有していた。胸をときめかせながら、計画を練りはじめた。二度ランチに連れていってもらったのだから、二人は友人同士だ。エマはアガサがチャールズに連絡をとろうとしていることは聞いていたが、海外に行っているといわれたことは知らなかった。朝になったら、彼の家までドライブしていき、すぐ近くまで調査に来たので寄ってみたと言おう。それぐらいなら問題ない。全然、問題ないわ。

ありがたいことに夜はかなり涼しくなってきたが、朝霧はあっという間に消えてしまった。土曜はまた灼けるように暑い一日になりそうだった。エマはフォス街道を走ってウォリックシャーに入った。不安のあまりハンドルを握る両手がじっとりと汗ばんでいる。助手席には地図が広げられていた。

フォス街道を降りると、細い田舎道を進んでいきながらバーフィールド屋敷を探した。門柱には屋敷の名前が出ていなくて、ただ「私有地」という表示しかなかったので、あわや入り口を通り過ぎるところだった。Uターンできないほど道が細くなかったら、怖気づいて途中で引き返していただろう。やがて森を抜けると、道は畑の中を走っていた。トラクターが近づいてきたので、野原の端に車を寄せた。トラクターは隣で停止し、運転手が問いただした。「ここで何をしているんだ？　ここは私有地だぞ」

「サー・チャールズ・フレイスの友人よ」エマはむっとして答えた。彼はうなずくと帽子に手を触れて挨拶し、走り過ぎた。

　そのまま走り続けて厩舎の一角を回ると、いきなり目の前に屋敷が現れた。

　このところ、たびたびチャールズの夢を見ては想像をふくらませていたが、夢に登場する屋敷は決まってジョージ王朝様式で、支柱つきの玄関ポーチがついていた。しかし、バーフィールド屋敷はヴィクトリア朝様式の失敗作で、ヴィクトリアン・ゴシック様式ですらなく、ラファエロ前派に愛されたゴシック様式を模倣したものだった。大きな建物では縦仕切りのついた窓が日差しにきらめいている。

「さあ、行くわよ」エマはつぶやいた。

飾り鋲がついた巨大なドアわきの石壁にベルが埋めこまれていた。それを鳴らした。

色香も褪《あ》せた老婦人がドアを開けた。「何か？」淡い灰色の目で、エマの長身の姿をじろじろ見ている。

「チャールズに会いにうかがいました」

「お名前は？」

「エマ・コンフリーです」

「で、あの子とはお約束しているのかしら？　今、海外に行っておりますけど」

「いいえ、でもチャールズとは友人なので、たまたま近所で仕事があったついでに――」

「何かの寄付金集めではないんですのね？」

「ちがいます！」

「誰なんだ？」チャールズが叫んでいるのが聞こえた。

「待っていてちょうだい！」女性が命じた。

エマは待った。女性は家の奥にひっこんだが、ドアは開けっ放しのままだった。彼女の叫んでいる声が聞こえてきた。「チャールズ！　どこなの？　あなたに会いに来たっていう、どこかの馬の骨が玄関に来てるわよ」

カラーリングしたばかりのブロンドの髪に新しく買ったスカイブルーのリネンのスーツで、エマは身の縮む思いをしていた。

むだだったわ。とうてい無理。彼女はきびすを返すと、車の方へ歩き始めた。

「わたしに会いたいそうだけど？」戸口からチャールズの声がした。

エマはしぶしぶ振り返った。

「驚いた！　エマだったのか。ずいぶん華やかな服ですね」チャールズはお世辞を言った。

彼はブルーのシルクのパジャマにストライプのガウンをはおっていた。足元は裸足だ。催眠術にかかったかのように、むきだしの足にエマの視線が吸い寄せられた。

「せっかく来たんだから、寄っていってください」チャールズは言った。「コーヒーでもいかがですか？」

「あの女性に馬の骨って言われたんです」相変わらずチャールズの足を見つめながらエマは言った。

「あの女性はわたしの叔母で、誰でも彼でも馬の骨って呼ぶ癖があるんですよ」

エマは気分がよくなり、チャールズのあとから暗い石敷の玄関ホールに入っていった。すぐにでもクリーニングの必要がある数枚の油絵と、虫食いだらけのヘラジカの頭が飾られている。

「グスタフ！」チャールズが叫んだ。「コーヒーだ！　書斎に」

「ご自分でなさってもらえませんか？」返事が聞こえた。「今、銀器を磨いているんです」

「コーヒーを二人分だ。急いで！」

書斎は玄関ホールと同じように暗く、床から天井までぎっしりと本が並んでいる。暖炉わきには、サイドテーブルと二脚のすわり心地のよさそうな肘掛け椅子があった。

チャールズはスタンドをつけ、窓を開けた。

「すわってください、エマ。アガサはあなたがここにいることを知っているんですか？」

「いえ、知りません。近所で行方不明のティーンエイジャーを捜していたので、ふと訪ねてみようと思いついたんです。失礼しました。まず、お電話するべきでしたね」

「その方がよかったでしょうね。でも、もう来ているんですから。狙撃事件の進展はありましたか？」

「ああ、まだ新聞を読んでないんですか？」

「ええ、何があったんですか？　ああ、グスタフ。ミルクや砂糖は、エマ？」

「お砂糖をふたつ、ミルクはなしで」

グスタフは白髪交じりの髪に小さな黒い目、よく動く大きな口をしていた。黒のズボンに白いシャツを着て、襟元を開けている。

グスタフは手際よく二人にコーヒーを注いだ。

黒い目でエマをじろじろ観察している。それからチャールズの方を向いた。

「ぜひとも戸締まりをしておくべきですよ」

「もう行ってくれ、グスタフ」チャールズは愛想よく応じた。

「あれは誰なんですか？」エマはたずねた。

「執事ですよ。もちろん、最近はフルタイムの執事なんて雇えないですからね、とりわけわたしは。グスタフはあらゆる仕事をこなしてくれているんです」

「もっと主人に敬意を示すべきですよ」

「使用人を批判するために来たんですか？」いつもは愛想のいいチャールズの声が険しくなった。

カップを持つエマの手が震えた。「ごめんなさい、本当に」か細い声でつぶやいた。

「ねえ、エマ、謝るのをやめて、狙撃事件について話してくださいよ」

そこでエマは聞きかじったわずかな情報と、朝刊で読んだことをすべて話して聞かせた。

「ふうん、妙だな」チャールズは言った。「あまりにもきれいにまとまりすぎている。アガサはオフィスにいるのかな？」

「いいえ、週末は全員が休んでいます」

「だけど、あなたは仕事をしているという話だったが」

「わたしは良心的なんです」

「アギーを訪ねてみた方がいいかもしれないな」

エマは嫌味な笑いを浮かべた。「今日は都合が悪いかもしれませんね。若い男性が泊まってますから」

「おそらく、あのぞっとするロイだろう。向こうに行ってみた方がよさそうだ。わたしに相談してくれていたら、会うのを延ばすような真似はさせなかったんだが。だから、こういうざまになったんだ。会えてよかった、エマ。じゃあ、そろそろあなたを解放して仕事に戻らせてあげましょう。グスタフ！」

ドアが開いた。「何でしょう？」

「ミセス・コンフリーをお送りしてくれ」

エマはグスタフのあとについて薄暗い玄関ホールを抜けて外に出た。「次回は電話してください」グスタフは言うと、大きなドアをバタンと閉めた。

エマは意気消沈し、ふさいだ気分で車に乗りこんだ。家に帰って、抱えている案件のファイルを調べ、犬か猫が行方不明になっているものを選んで、ウォリックシャーで通報があったと説明しておこう。エンジンをかけ、ゆっくりとクラッチをつなぐと、発進した。夢がガラガラと崩れ落ちる音がした。しかし、私道の出口までたどり着いたとき、チャールズが華やかな服だと言ってくれたことを思い出し、ぱっと気分が明るくなった。それに、わたしには気兼ねをしないんだわ、ガウンのままでいたんだから。

ライラック・レーンに着いたときには、エマの妄想はまた息を吹き返していた。チャールズがやって来たら、アガサを訪ねよう。だけど、まず彼を訪ねた言い訳のために、何か案件をひねり出さなくてはならない。

充分な口実になると思われるものを見つけてから、隣家側に窓がある踊り場に椅子を置いてすわった。そこからだとアガサのコテージの入り口が見張れるのだ。アガサの車は停まっていなかった。エマは、アガサが戻る前にチャールズがやって来ますようにと祈った。そうすれば、自分が飛び出していって彼を家に招き、ここで待っていてもらえる。エマはバラ色の空想にどっぷりと浸った。そこではチャールズがこうしゃべっていた。「ここにあなたといっしょにいると、とてもくつろげるよ、エマ。これまで自分がどんなに寂しい人生を送ってきたのか気づかせてくれる」そのとき、車の音がした。

チャールズは車を停めると、トランクからバッグを取り出して玄関に向かった。しかし、ドアベルを鳴らす代わりに、彼は鍵束をとりだし、ひとつを選ぶとドアを開けて中に入っていった。

エマは親指を嚙んだ。そもそも、アガサを訪ねる予定だったわよね？　ベルを鳴らしてみてもかまわないだろう。エマはバスルームに行き、メイクを直し、髪の毛をなでつけて隣に出かけていった。ドアベルを鳴らした。

チャールズはソファに寝そべって《そりゃないぜ⁉フレイジャー》の再放送を見ていた。ベルの音は聞こえたが、放っておくことにした。どうせ村の退屈な女性だろう。

エマは憤慨しながら引き返してきた。

《フレイジャー》が終わった。チャールズはアガサが帰ってくるまでミセス・ブロクスビーを訪ねて時間をつぶすことにした。

エマは一階にいて、チャールズが窓の前を通り過ぎていくのを見た。急いで玄関に飛び出したが、フットスツールに蹴つまずいて、派手にばったり倒れこんでしまった。ようやく体を起こしてドアを開けたときには、チャールズの姿はどこにもなかった。エマは追跡にかかり、ライラック・レーンを出て商店街を通り過ぎた。すると、前方のメイン・ストリートから教会に通じる砂利敷きの小道に折れる人影が見えた。チャールズだ。

今日は礼拝がないはずだわ、とエマは考えた。となると、ミセス・ブロクスビーを訪ねるつもりにちがいない。

エマは少しさがった。チャールズが牧師館に入ってから、のんびり歩いていってドアベルを鳴らそう。ミセス・ブロクスビーは変だと思わないにちがいない。ふだんから村じゅうの人間が訪ねてくるのだから。エマは五分待った。

「入れてもらえてよかったですよ」チャールズはそう言っているところだった。

「あなたを入れない理由でもあるの？」

「こちらのドアベルを鳴らしたとたん、ふいに気づいたんです。歓迎されるものと期待して、まえもって電話もせずに、いきなり玄関先に現れる人間がどんなにいらだたしいかってことに」

「誰か特定の人のことを指しているのかしら？」

「あのエマ・コンフリーです、アガサのところで働いている。今朝、うちにやって来たんですよ」

「あら、まあ。あなた、彼女にどんな形でも期待を持たせたりしてないでしょうね？」

「二度ランチに連れていきました。でも、彼女はかなりの年でしょう。わたしの母親と言えるぐらいだ」

「庭にどうぞ。あっちでコーヒーを飲みましょう」

チャールズは気持ちのいい牧師館の庭にある古いヒマラヤスギの木陰で、ほっと息をついた。太陽がぎらぎら照りつけてくる。ミセス・ブロクスビーがコーヒーを用意しているらしく、キッチンからは心和む陶器のカチャカチャいう音と、温かいスコーンの匂いがしてきた。丘を見上げれば、トラクターが畑を突っ切っていく。まるでおもちゃのようだ。

ドアベルが鳴った。

ドアが開き、ミセス・ブロクスビーが大声で「あら、ミセス・コンフリー」と言うのを聞いて、チャールズは体をこわばらせた。

チャールズはすばやく立ち上がると、ふいに追われている狩りの獲物のような気持ちになった。敏捷に庭の塀を乗り越えて教会墓地に下りると、傾いた墓石の陰に隠れた。

「ちょっと前までここにいたのよ」ミセス・ブロクスビーが言っている声が聞こえた。「何か思い出して、そのまま帰ったにちがいないわ。急げば追いつくはずよ」

チャールズは、ミセス・ブロクスビーが「もう出てきても大丈夫よ」と言うまで、そこにじっとしていた。

チャールズは庭の塀をまた乗り越え、ズボンのほこりを払った。

「コーヒーが用意できたわ」ミセス・ブロクスビーはすました顔をしている。

チャールズはにやっとして、ガーデンテーブルの前にすわった。「あなたが嘘をつけるとは知りませんでしたよ」

「嘘はつかなかったわよ。あなたがいなくなったと言ったけど、実際そうだったでしょ。ミセス・コンフリーは髪をブロンドにして、フルメイクをしていたわ。あなた、何をしたの？」

「あの年配女性に親切にしただけですよ。つらい人生を送ってきたらしいのでね。あの人のことはもういいですよ。アギーが戻ってきて、狙撃事件について洗いざらい話してくれるのを待っているところなんです」


エマは踊り場の椅子で待っていた。ロイとアガサが帰ってくるのが見えた。やがてチャールズがライラック・レーンをぶらぶら歩いてきた。

またもやエマは五分待ってから、彼らに合流しようと決めた。

腕時計をひっきりなしにのぞいた。秒針の動くのがなんてのろいの！　やっと立ち上がって階下に行き、隣家に歩いていった。

アガサはドアを開けた。「あら、エマ。どういうご用？」

「お仲間に入れていただいて、いっしょにコーヒーを飲みたいと思って」

「残念ながら、今はタイミングが悪いのよ」アガサはきっぱりと言った。「あなたは週末、お休みにしたんでしょ、エマ。それをたっぷり楽しんで。月曜にオフィスで会いましょう」

エマは自分のコテージに戻っていった。ピンと背筋を伸ばし、両頬が怒りで赤く染まっていた。

エマはアガサ・レーズンを憎んだ。アガサはチャールズがエマに関心を寄せていることに気づき、嫉妬から二人を近づけまいとしているにちがいない。

「エマだったわ」アガサは庭にいるロイとチャールズのところに戻っていった。「だけど、ごいっしょにとは誘わなかった。だって、あなたたちに事件について話したいし、警察よりも先にわたしたちが死体を見つけたことをエマに知られるわけにはいかないから。それで、どこまで話したかしら？　ああ、そうそう、睡眠薬のことね。あの自殺について考えれば考えるほど不安になるのよ」

「もし自殺じゃないとしたら」とロイが言った。「誰が犯人なんですか？　ジェイソンはバーミューダにいた。今頃こちらに向かっているでしょうけどね。ラガット＝

ブラウンには鉄壁のアリバイがある。残るのは誰ですか？」

「われわれの知らない人間だ」チャールズが意見を述べた。「ハリソン・ピーターソンの妻と連絡をとってみてもいいかもしれない」

「パトリックに電話してもいいけど、わたし、彼に休みをとるように言ったのよね」アガサは言った。

「何かわかったことがあるか訊くだけならいいだろう。そのあと、われわれが調べている間に彼は休める」チャールズが提案した。

ロイはそわそわと椅子にすわり直した。彼はチャールズが現れたことが気にくわなかった。チャールズは前からの知り合いだったが、この週末はアガサと二人だけで過ごすつもりだったのだ。

「電話をかけている間、ぼくは村の方まで散歩してきますよ」

「わかったわ」アガサは言った。「パトリックに電話してくる」

ロイは二階に上がっていき、白いスーツから古いジーンズ、チェックのシャツとモカシンに着替えた。「羊飼いどもの一団」とぶしつけにも呼んでいる村の連中に、おしゃれな一張羅を見せても仕方ないと考えたからだ。

ロイがちょうど隣のコテージの前を通りかかったとき、前庭で草むしりをするふりをしていたエマが声をかけた。「アガサを訪ねてきたんですか?」

「ええ。だけど、アガサは電話をかけているから、退屈で」

「よかったらこちらにどうぞ。庭にすわってコーヒーを飲みましょう」

ロイはうれしそうな顔になった。「じゃあ、電話が終わるまで」

ロイはエマについてコテージに入っていき、リビングを通り抜けながら部屋を見回した。アガサの元夫、ジェームズ・レイシーが住んでいたときとは一変していた。ジェームズは壁にぎっしり書棚を並べていたが、エマは飾り棚にしていた。陶器の猫、小さな焼き物の家、ガラスの動物。本物の薪が燃えていた暖炉では電気の炎が燃え、その前に偽の薪が置かれている。ソファと肘掛け椅子はチンツ張りだった。ロイはどれも魅力的だと思った。

「さあ、すわってちょうだい」庭に出ると、エマは明るく言った。「コーヒーを持ってくるわ。あなたが日陰に入るように、このパラソルをちょっと動かすわね。今日は本当に暑いわ」

感じのいい年配女性だ、とロイは思いながら、両足を芝生に投げだした。

アガサは電話から戻ってきた。「パトリックはハリソンの奥さんの住所を突き止めようとしているところよ。だけど、薬を処方した医者の名前は手に入れたわ。チェルトナムのドクター・シン。昔のバース・ロードからちょっと入ったポートランド・レーンに診療所を構えているみたい」

「土曜日はいないだろう。土曜の午前は緊急手術をするかもしれないけど、今頃はとっくに終わってるな。別の誰かがピーターソンになりすまして睡眠薬を手に入れた可能性を考えているのかい?」

「まずありえないわよね、わかってる」アガサは言った。「でも、確認はしておきたいの。おなかがすいたわ。何か食べるものを作るわね」

「いや、けっこう。前にここに来たときは、電子レンジ調理のスワーミーの激辛カレーだったからね。チェルトナムで何か食べよう」

「わかったわ。村をぐるっと回ってロイを拾っていきましょう」

しかし、青年の姿はどこにもなかった。〈レッド・ライオン〉にも商店にもいなかったし、太陽に照りつけられた丸石敷きの通りをぶらぶら歩いてもいなかった。

「彼抜きで行きましょう」アガサは言った。

「メモを残した方がいい。自分の都合次第で友人を切り捨てるやり方はよくないよ」

アガサはパトリックとランチに出かけたときにチャールズを置いていったことで謝罪の言葉が喉まで出かかったが、そのまま消えてしまった。

二人はライラック・レーンに引き返し、アガサはロイ宛てにメモを走り書きすると、キッチンのテーブルに置かれたインスタントコーヒーの瓶に立てかけた。


「そろそろ戻った方がよさそうです」ロイは残念そうに言った。「たぶん何かわかったにちがいないから」

「どんなことが？」

「ああ、ハリソン・ピーターソンが睡眠薬を飲みすぎたんで、本当に自分で薬を処方してもらったのか確認しようとしているんですよ」

エマはチャンスに飛びついた。「いっしょに行くわ。わたしも探偵なの」

「いいですね」ロイは答えた。エマはあれこれ彼の世話を焼き、ちやほやしてくれた。アガサもこういう態度を見習うべきだ、とロイは思った。

二人は隣に行った。ドアベルにも誰も出てこない。アガサはロイが鍵を持っていないことをすっかり忘れていたのだ。

ロイは振り返った。「アガサの車はここにあるけど、チャールズの車はなくなっている。はっきり言って、ひどすぎます。それにおなかがぺこぺこだ。そうだ、ランチに行きましょう」

エマは晴れやかな顔になった。どうやらこの青年はずっと年上の女性に惹かれるみたいね。チャールズに会いたくてたまらなかったが、この青年にエスコートされて自尊心がくすぐられた。

ロイのボスはアガサを訪ねると聞いて、フリーで仕事をしてもらうために、どうにかロンドンに連れ戻せ、と指示していた。ロイはエマに極上のランチをごちそうしても、アガサをもてなしたことにして経費で落とせると計算していた。

二人はオックスフォードまで車で行き、〈ランドルフ・ホテル〉に駐車した。ロイはエマが自分の母親に見えたらいいのにと思った。エマはちゃんとした淑女だ。学校の体育祭にやって来た母親がこんなふうだったらいいのに、と誰もが願うような女性だった。ロイは自分の母親のことを思い出して身震いした。母はひどくがさつで声の大きな女だった。

ランチをとりながら、エマは自分の哀れな人生について語り始めた。実際、エマの人生の大半はとても惨めだったが、その多くは身から出た錆《さび》だった。オフィスで自分を怒らせた相手には、偽の噂を流して復讐した。やりすぎて、一度などあやうく仕事を失いかけたこともあった。美人の秘書がどんどん出世していき、みんなの人気者になっていたので、悔しまぎれに秘書のファイルをすべて消去してから、パソコンのキーボードに強力接着剤を絞りだしてやったのだ。

だがファイルの一部には機密書類が含まれていたので、警察の鑑識班が呼ばれる騒ぎになった。エマは手袋をしていたが、秘書のオフィスから出てくるところを見られていた。結局、彼女の犯行だとは立証されなかったが、疑いをかけられたせいで国防省を辞めることになった。何でもないことで異常に騒ぎすぎよね、と今でもエマは憤慨している。ファイルはハードドライブから復元されたし、新しいキーボードも購入してもらえたのだから。

もちろん、その犯罪のことはロイに黙っていた。ロイはうっとりと話に聞き入っている。本当はただの秘書だったが、ロイには、スパイとしてあちこちの国に危険な任務で派遣された、と話した。いくつか派手な逸話もでっちあげた。

そのとき、ロイがアガサやチャールズにこの話をしたら不審に思われそうだ、と気づいた。そこで、こう釘を刺しておいた。「どうかアガサやチャールズには、わたしの秘密の人生のことは黙っていてね。本当はあなたにも話しちゃいけなかったのよ。だけど、あなたは聞き上手なので、つい――」エマはクスクス笑った。「それに、とても魅力的な青年だから」

ロイはぱっと笑顔になった。そして白いスーツを着てくればよかった、と後悔した。

6

「ついてたよ」チャールズが言った。「勤勉なアジア人、万歳だな。今日の午後に手術が入っているそうだ。手早く何か食べよう。どういうふうに話を持っていく？　率直にたずねてみる？　それともあなたが病気のふりをして、質問を会話に紛れこませる？」

「率直にたずねるわ。ロイに電話してみる。彼に悪いことをしたわ」アガサは自宅の電話にかけたが、誰も出なかった。

二人はパブでサンドウィッチを食べてから診療所に行った。すでに五人の患者が待っていた。アガサは受付に行き、名刺を差しだした。「ドクター・シンと少しお話をしたいんですが」

受付係は巨体の女性だった。太腿のお肉がタイプ用の椅子からはみだし、巨大な胸が前に置かれたキーボードに影を落としている。三重顎にしては頭は驚くほど小さかった。まだ三十歳そこそこだろう、とアガサは推測した。サーカスの肥満女の顔出しパネルから頭を突き出して写真を撮ってもらった海辺の休日の記憶が、彼女を見ているうちに甦った。

「すべての患者さんの診察が終わるまで待っていただかなくてはなりませんよ」受付係は言った。「おすわりください」

そこで二人はすわって、さんざん待った。アガサは何度かロイに連絡をとろうとして、自宅の電話とロイの携帯の両方に電話をかけたが、どちらも応答がなかった。

やっと、ドクター・シンがお会いします、と言われた。ドクター・シンは浅黒い肌をした小柄な身だしなみのいい男性で、眼鏡をかけ白衣を着て、受付係が太っているのと対照的にやせていた。

「すでに警察には話をしています」ドクターは言った。「あなた方は私立探偵ですね、ミセス・レーズン。わたしが処方したと思われる睡眠薬についてお訊きになりたいそうですが」

「そうです」アガサは熱心に言った。

「ミスター・ハリソン・ピーターソンは一時、通院していました。高血圧だったんです。高血圧の薬は処方しました。警察にボトルを見せられましたよ。何者かが睡眠薬バルビツールのボトルからラベルを慎重にはがしておき、彼の高血圧のボトルのラベルを湯気ではがすと、睡眠薬のラベルをそこに貼りつけた。だから、わたしの名前と処方薬局の名前がボトルに残ることになった」

「では、殺人にちがいないな」チャールズは言った。

外に出ると、アガサは興奮した口調で言った。「これでまた事件は再捜査されるわね。犯人はどうやって彼に睡眠薬を飲ませたのかしら？」

「わからない。検死の結果が気になるな」駐車場に歩きながらチャールズは言った。「睡眠薬を飲んだんじゃないのかもしれない。彼は犯人と知り合いだった。不法侵入の形跡はなかったからね。二人は一杯やった。犯人はピーターソンの酒にいわゆるデートドラッグみたいなものを仕込んで、彼が気を失うと、枕を押しつけるとか鼻をつまむとかして窒息させ、自殺に見せかけたとか」

「これがどういうことかわかる？　またふりだしに戻ったってことよ」アガサはうめいた。「それに、どこからまた手をつけたらいいのか見当もつかないわ」

「パトリックに電話して、奥さんの住所がわかったか訊いてみたら」

アガサはパトリックに電話して、調べたことを伝えた。それから、アガサが弾んだ声でこう言うのが聞こえた。「奥さんを見つけたの？　どこにいるの？　ちょっと待って」

電話を耳にあてがいながら、アガサはノートとペンをバッグからとりだし、何か書き留めた。「これから彼女に会いに行くわ。犯人はあきらかにピーターソンが知っている人間よ」

電話を切ると、アガサはチャールズに言った。「奥さんはシップストン・オン・ストゥールのテレグラフ・ロードに住んでるわ」

「戻ってロイを連れていった方がいいと思うよ」チャールズが意見を言った。「仲間はずれになったと感じているにちがいない」

「もう一度かけてみるわ」アガサは言った。自宅とロイの携帯にかけたが、やはりつながらなかった。

「ロイはぼんやりわたしたちを待っていないわよ。ともかく行って、奥さんに会ってきましょう。そんなに時間はかからないわ」

「こんなふうにあなたを放っておくなんてアガサはひどいわね」エマが言っているところだった。

ロイは肩をすくめた。「アガサはぼくの携帯にかけようとしているんだろうけど、ベッド脇のテーブルに置いてきちゃったんです」

「あなたからかけてみたら？」

「彼女の携帯番号をいつも忘れてしまって。それもベッド脇のテーブルの住所録に書いてあるんです。あなたは番号をご存じないんですか？」

エマは自宅と携帯の電話番号が書かれたアガサの名刺を持っていた。もしそれをロイに渡したら、アガサはいとしいチャールズといっしょに戻ってくるだろう。一方、アガサがなかなか帰らなければ、ますますロイは腹を立て、アガサの評価はさらに下がる。ついでにそのことでチャールズも幻滅させられたら、願ったりかなったりだ。

ロイはエマのリビングにすわっていた。彼は窓の外を見て、アガサの掃除婦、ドリス・シンプソンが通り過ぎるのを見つけた。

さっと立ち上がった。「ミセス・シンプソン。彼女のことを忘れていた。あの人は鍵を持っているんだ」

彼は飛び出していき、そのあとにエマも続いた。

一時間後、モートン・イン・マーシュの駅で、ロイは言った。「本当に親切にしてもらいました、エマ。いえ、いっしょにブリッジを渡ってもらう必要はないですよ」ロイはエマの頬にキスした。

ブリッジの向こうのホームはすでにロンドン行きの列車を待つ人々でごった返していた。旅行鞄を持つと、ロイはブリッジに向かいながら、今の光景を見ていた人は、エマを母親だと思ったにちがいない、と思った。

エマはロイを見送りながら、胸のときめく心地よい気分になっていた。今の光景を見ていた人は、絶対にロイを若いツバメだと思ったにちがいない。

「ここがテレグラフ・ロードだ。この駐車場が都合いいな」チャールズは駐車場に入って車を停めた。

アガサは助手席のドアを開けて降りながら、かすかに顔をしかめた。

「リウマチ？」チャールズがたずねた。

「ちがうわよ。ちょっと足がつっただけ」アガサはきっぱりと否定した。

この数週間、腰にしつこい痛みを感じている。しかし、リウマチとか関節炎なんかのはずがないわ、と心の中で叫んだ。

ジョイス・ピーターソンは道路側にわずかに傾いた小さなコテージに住んでいた。

アガサはドアベルを鳴らそうとしてためらった。

「どうして母親は息子の婚約パーティーに招かれなかったのかしらね？」

「いいからベルを鳴らしたまえ。訊いてみなくちゃ、永遠にわからないよ」

「電話してから来ればよかった」アガサは悔やんだ。

「あなたが素人だからだよ」チャールズの声にはいつになく棘《とげ》があった。

アガサが驚いて彼に視線を向けようとしたとき、ドアが開いた。現れたのは長身のブロンド女性だった。ぴったりしたジーンズをはき、白いシャツの裾をほっそりしたウエストで結んでいる。美しい無表情な顔の半分は髪の毛で隠れていた。

「ミセス・ジョイス・ピーターソンはご在宅ですか？」

「わたしがそうです、というか、離婚前はですけど。どういうご用件ですか？」

アガサは名刺を差しだした。「ご主人の殺人事件について調べているんです」

「殺人！　だけど、自殺だって聞きましたよ」

「すみませんが、入ってもよろしいですか？　わたしはアガサ・レーズンで、こちらはサー・チャールズ・フレイスです。事情をすべてお話しします」

ジョイスはうなずき、背中を向けた。二人は彼女のあとからキッチンを通り抜け、奥の広々とした風通しのいい部屋に入った。アガサはびっくりした。外からだと、コテージは広いスペースがあるようにはとうてい見えなかったのだ。この部屋は裏手の広い庭を利用して増築されたようだ。

現代的なものと上等なアンティークをとりあわせ、趣味のいい装飾がほどこされていた。

ジョイスは開けてある両開きドアのかたわらの肘掛け椅子にすわった。窓から入ってくるそよ風が庭の遅咲きのバラの香りを運んでくる。チャールズとアガサは向かいのソファに腰をおろした。

ジョイスは何も質問せず、ただ無言で待っていた。

アガサは睡眠薬の件をどうやって発見したかを説明した。それでも、ジョイスは黙りこくっている。

「どうして息子さんの婚約パーティーに招待されなかったんですか?」チャールズが質問した。

「招待されましたけど、行きたくなかったんです。息子のことはとても愛していますが、父親と離婚したときにとうてい許しがたい言葉を投げつけられたので。一度だけ、ミセス・ラガット＝ブラウンに会いました。不愉快な女性でした。ジェイソンは彼女にとりいってるんです。カサンドラはいい子ですけど、頭が空っぽのお馬鹿さんよ」

「どうしてご主人と離婚したんですか？」アガサはたずねた。

「当然でしょう？　主人を支えるべきだとでも？　インサイダー取引だけじゃなくて、クライアントの口座からお金を着服していたんですよ。それに別の女の存在もありました」

「誰ですか？」

「知りません。でも、ある日彼のクレジットカードの請求書を見たんです。〈アスプレイ〉のダイヤモンドのネックレスやパリのホテル代と食事代、香水、服、そういったものが請求されていました。夫を問い詰めると、パリの旅行はビジネスで、プレゼントはクライアントにあげたと弁解した。刑務所に入らなくても離婚したでしょうね。刑務所行きになって、たんに離婚手続きが簡単になっただけです」

「ご主人はミスター・ラガット＝ブラウンと知り合いだったんですか？」チャールズがたずねた。

「だとしても、何も言っていませんでした」

「ご主人はどういう人だったんですか？」

部屋は暗くなってきて、遠くでかすかに雷鳴が轟《とどろ》いた。

「出会ったときは、とても魅力的でした。野心家で。わたし、贅沢なものが好きなんですけど、それをかなえてくれました。やがてジェイソンが生まれた。とてもかわいい男の子でした」

「ずいぶん若くして結婚したんですね」チャールズが言った。

「十八でした。家で育てたかったんですけど、八つになったときに、ハリソンがプレパラトリー・スクール（パブリックスクールに入るための小学校）に入れるべきだと言って、ウィンチェスターの学校に行ったんです。それから変わっていって。父親っ子になってしまったんです。わたしとはほとんど過ごす時間がありませんでした」

ふいに突風が吹きこんできて、ジョイスの髪をなびかせた。テーブルランプの光で、頬の大きな痣《あざ》が見てとれた。

「ずいぶんひどい痣ですね」チャールズが言った。

「ドジを踏んじゃって」ジョイスは言った。「キッチンの食器戸棚が開いているのに気づかず、扉に突っ込んでしまったんです」

玄関ドアに鍵が挿しこまれる音がして、男の声が叫んだ。「ジョイス！」

「こっちよ、あなた」

ブリーフケースを手にした長身の男が部屋に入ってきた。体格がよく日に焼け、目の色は淡いグレーだった。仕立てのいいビジネススーツを着ている。

「マーク、こちらは私立探偵さんたちなの。ハリソンは殺されたんだそうよ」

男の氷のように冷たい視線がアガサとチャールズに向けられた。「警察じゃないんだね。じゃあ、帰ってもらおうか」

「でも、マーク――」

「黙れ。二人とも出ていけ！」

「帰った方がいいわ」ジョイスは疲れた声で言った。

アガサは戸口で振り返った。「名刺を渡しましたよね。もしわたしでお役に立てることがあれば……」

「もう帰って」

「驚くべきことだな」駐車場に急ぎながら、チャールズが意見を口にした。大粒の雨が降りはじめていた。「ろくでなしと結婚して、自由になったとたん、また別のろくでなしとくっつくとは。女性っていうのは永遠に謎だよ」

「今、思い出したわ」アガサが助手席に滑りこんだ。「わたし、ロイに鍵を渡すのを忘れていたの。だから電話に出なかったのよ」

「ああ、アギー。やらかしたな。彼がミセス・ブロクスビーのところに避難していることを祈るしかないね」

アガサのコテージに戻ると、キッチンのテーブルに二枚のメモが置かれていた。一枚はドリス・シンプソンからで、猫たちにえさをやったあとで外に出した、と書かれていた。もう一枚はロイからだった。「あなたがどういうつもりなのか、さっぱりわからない。エマがいなかったら、最低最悪の時間を過ごしたでしょうね。結局、ドリス・シンプソンに家に入れてもらいました。ロンドンに帰ります。ここにいてもしょうがないから。ロイ」

「なんてことかしら」アガサはつぶやいた。

「あなたの困ったところはね」アガサの肩越しにメモを読んでいたチャールズが言った。「私立探偵として駆けずり回っていると、訪ねてきた友人たちを出迎えたきり、あとは放っておいてもいいと思いこんでしまうところなんだ」

ドアベルが鳴った。「あなたが出て、チャールズ」アガサは言った。「わたしはロイの携帯にかけてみる」

チャールズはドアを開けた。エマが立っていた。メイクしたてで、ゴールドのパンツスーツを着て、雨が降っているのでゴルフ用の傘をさしている。

「ああ、どうぞ」チャールズは言った。「アガサは電話中なんです」

彼はキッチンに案内した。

「何かお出ししましょうか?」

「いえ、けっこうよ、チャールズ。わたし、考えていたんですけど、あなたに二度もランチをごちそうになっているでしょ。今度はわたしにごちそうさせて」

そして、心からの賞賛をこめてチャールズを見つめた。

チャールズの頭の中で警報が鳴り響いた。「それはご親切に、エマ。だけど、そろそろ帰らなくちゃならないんですよ。いろいろやることがあってね」

エマの顔が曇った。アガサがキッチンに入ってきた。「まあ、あなただったの、エマ。ロイの面倒を見てくれてありがとう。彼、あなたのことをほめちぎっていたわ」

「ロイは許してくれました?」エマがたずねた。

「ええ、もちろんよ」アガサが答えると、一瞬、エマの目に失望がよぎった。チャールズは目ざとくそれに気づいた。

アガサは近いうちにロンドンに行き、最高の食事をおごってあげると約束して、ロイをどうにかなだめたのだった。

「残念ですね」エマが明るい口調で言った。「チャールズはもう帰るんですって。今、そう話していたところなんです」

アガサはクマみたいな目でチャールズをにらみつけた。「だけど、これから調べることがいろいろあるのに」

「すまない、アギー。帰らないといけないんだ。まだ荷物を解いていないから、すぐ失礼する」

「わたしも失礼しますね」エマは最後の最後までチャールズといっしょにいたくて、そう言った。

「どう説得してもだめなの？」アガサは二人を玄関まで送っていった。

「悪いね」チャールズはバッグをとりあげ、アガサの頬にキスした。

彼が車に歩いていくと、エマがついてきた。「さよなら」エマは言いながら、頬をチャールズの方に向けた。チャールズはそれに気づかないふりをして、バッグをトランクに放りこむと運転席に乗りこんだ。

エマは自分のコテージに歩いていくと戸口に立ち、彼の車がライラック・レーンの角を曲がって見えなくなるまで、ずっと手を振っていた。

アガサは見捨てられた気分だった。

チャールズはモートン・イン・マーシュまで行き、戦争記念碑のそばに駐車した。

携帯電話をとりだすと、アガサに電話した。「ディナーでもどう？」

「いいけど、帰るんじゃなかったの！」

「モートン・イン・マーシュの戦争記念碑のそばに駐車しているんだ。こっちに来て拾ってくれ。詳しく説明するよ」


パブでディナーをとりながら、アガサは叫んだ。

「だけど、信じられない！　あのエマが！」

「新しい髪型や新しい服はそれが理由だよ」

「エマはとても素直で親切な人間だわ。絶対にあなたの誤解よ」

「いや、ちがう。彼女は危険人物になりかねない」

「どんな？」

「ともかく嫌な予感がするんだ。あなたとこっそり家に戻るよ。彼女はもうベッドに入ったにちがいない。ロマンスと言えば、ラガット＝ブラウンのことをあまり話してくれなかったね」

「ディナーをいっしょにとったわ。とても感じがいい人に見えたけど」

「わたしの第一容疑者は彼だよ」

「ちょっと、チャールズ。彼には鉄壁のアリバイがあるし、実の娘を殺そうとはしないわよ。娘をかわいがっていることはまちがいないわ。わたしは婚約者のジェイソンに賭ける。動機があるのは彼だけよ」

「だが、実の父親を殺すかな！　ちょっと待ってくれ。それはないよ。彼はバーミューダにいたんだから」

「そうだった。なんだか同じところをぐるぐる回っているみたいね」

「ジョイス・ピーターソンの新しい夫は？　もしかしたら元夫にひどく嫉妬して復讐したかったのかもしれない。本当はジェイソンを撃つつもりだったのかも。ねえ、アギー、例の脅迫状がなければ、こんな泥沼にはまらなかったんだ。脅迫状は目をそらすための工作だとしたら？　本当の標的はカサンドラじゃないのかもしれない。わかるだろ、彼女の存在が障害になっているんだ。カサンドラが狙われたと考えている限り、どこにも行き着けない。だから、ひとつの可能性として、狙いはジェイソンだと仮定してみよう」

「動機がわからないわ」アガサは言った。

「ミセス・ラガット＝ブラウンなら？」

「ありえるわね。夫にはアリバイがある。フェリエット家はどう？」

「わたしはジョージをよく知っているし、彼が殺人を犯すとは想像できないな」

「娘の方は？　彼女はラガット＝ブラウン家について何か知っていたのかもしれないわ」

「彼女とは一度も会ったことがないんだ。とても美しい娘みたいだけどね」

「見込みはないかもしれないけど、サー・ジョージに電話して娘の居所を教えてもらえない？」

「どうしてそんなことを訊くのか不審に思われるよ。明日、アンクームに立ち寄って、話の流れでさりげなく訊いてみるよ。たまたま通りかかったって言えばいい」


エマはライラック・レーンに車が入ってくる物音を聞きつけ、踊り場に行って外をのぞいた。

チャールズとアガサが降りてきた。二人は何かで笑い合っている。わたしのこと？　激しい嫉妬がわきあがり、両腕で体を抱きしめた。

その瞬間、アガサ・レーズンを心から憎んだ。寝支度をして上掛けをかけて横たわりながら、アガサがいなくなれば、チャールズが振り向いてくれるだろう、と思った。彼はあきらかに年上好きだ。たとえアガサが調査中に死んでも、誰もエマの仕業だと思わないだろう。もちろん、そんなことを実行するつもりはない。そうよね？

翌朝、チャールズはアンクームをのんびり走っていた。アガサにモートン・イン・マーシュまで送ってもらい、車を回収した。アガサはオフィスに出勤してしまったので、チャールズはアンクームまで行き、フェリエット家の近くに駐車して、そこらを歩き回っているうちにジョージにばったり出会うことを期待した。

煙草を買うために雑貨店に寄った。めったに煙草は吸わず、いつも誰かから煙草を「借りる」方を好んでいたが、珍しく本気で煙草が吸いたくなっていた。

店に入ると、カウンターの女性の声が聞こえた。「七ポンド五十ペンスです、レディ・フェリエット」

チャールズは煙草のことを忘れてしまった。ファーストネームは何だっけ？　妙な名前だった。クリスタル、そう、それだ。

彼が近づいていくと、レディ・フェリエットが振り向いた。「クリスタルですね？」

彼女は長身だった。チャールズは二十代の頃、社交界にデビューする女性たちのダンス・パーティーに足繁く通っていたが、ブロンド美人だったクリスタルのことは記憶にあった。ブロンドの髪にはいまや灰色の筋が入り、うなじでひとつにまとめていた。はしばみ色の瞳はまだ美しかったが、不満そうにへの字になった口の両側にはくっきりと法令線が刻まれていた。かなりくたびれたツイードのスーツにシルクのブラウス、厚手のストッキング、歩きやすい靴といういでたちだった。

「どなたかしら?」彼女はたずねた。

「チャールズ・フレイスです」

「チャーリー? もちろん、覚えてるわ。驚いた。先日、うちを訪ねていらしたって、ジョージから聞いていました。ここにはどういう用でいらしたの?」

「カースリーの友人のところに滞在しているんですが、ちょっとドライブしていたら、急に煙草が吸いたくなったんです」

「煙草を買ったら、うちにコーヒーを飲みにいらして。最近はあまりお客さまも来ないから」

チャールズはベンソンをひと箱買うと、また夫人のところに戻った。「昔はこれほどひどくなかったんだけど」クリスタルは言った。「あら、ありがとう」チャールズが彼女の手から買い物かごをとりあげたのだ。「車輪つきのカートを買う方がいいのかもしれないわね。でも、なんか年寄りっぽくて」

「最近はそう思われないみたいですよ。昔のことで、何を言っていたんですか?」

「ああ、それほど前ってわけじゃないの。まるで何世紀も前みたいな口ぶりになったわね。だけど、ずいぶん時がたった気がするわ。最初にこっちに引っ越してきたばかりのときは、週末のホームパーティーなんかによく招かれていたの。人はもてなしたら、お返しを期待するものでしょ。だから、うちの豚小屋みたいな小さなコテージで、何度かディナーパーティーを開いたわ。だけど、うまくいかなくて、そのうち招待されなくなってしまったの。あのラガット＝ブラウンという女のことは憎らしくてたまらないわ」

「だけど、あなたたちがお金を失ったのは彼女のせいじゃないでしょう？」

「確かに。ただ、わたしが言っているのは屈辱感のことなの。あの女はわたしたちに屈辱を与えて得意満面だった。さあ、着いたわ。ジョージが喜ぶわ」

ジョージはたしかにチャールズを見てうれしそうだった。「男性方だけでコーヒーを飲んでいただける？　わたしは庭仕事があるから」クリスタルが言った。

「いいとも。わたしがコーヒーを淹れよう」ジョージは言った。

チャールズは彼についてキッチンに行き、ジョージが湯を沸かし、インスタントコーヒーをふたつのマグカップに入れるのを眺めていた。店で売っているうちでも、いちばん安いインスタントコーヒーだということにチャールズは気づいた。

「よし」ジョージは言った。「マグカップを持って、こっちに来てくれ」

二人が腰をおろすと、ジョージは口を開いた。「クリスタルには本当にすまないと思っているんだ。こういうケチケチした節約は彼女にはずいぶんとこたえているだろう」

「きみが仕事をすればいい」チャールズが提案した。

ジョージは目を丸くした。「この年齢では誰も雇ってくれないだろう」

「ストゥーのテスコでは常に求人をしているよ」

「あきれたな、わたしがスーパーのレジにいるところを想像できるかい？　恥ずかしさのあまりクリスタルは死んでしまうだろう」

「スーパーじゃ、商品を棚に並べるスタッフも求めている。あるいは二十四時間営業の駐車場は？　いつも誰か探しているよ。それで食費がまかなえるだろう。お嬢さんは援助してくれないのかい？」

「フェリシティは贅沢好きなんだ。月末にはまったくお金が残らないんじゃないかと思うよ」

「何をしているんだい？」

「どこかのオートクチュールで個人秘書として働いている」

「どこの？」

「パリだ。サントノーレ通りの」

「なんていう店なんだ？」

「ずいぶん質問するんだな。〈ティエリー・デュヴァル〉だ。彼の服を見たことがあるかい？　身の毛がよだつよ。テレビで見たんだ。しかも、最近のモデルの歩き方といったら。おもらしをしたみたいに腰をくねくねさせて歩いていたよ」

「最後にお嬢さんと会ったのは？」

「去年のクリスマスだ。ここに来たんだ。仕事を楽しんでいたようだった」

「お嬢さんの写真を見たいな」

「どうしてまたフェリシティに興味があるんだ？　あの子はきみには若すぎるよ、チャールズ」

チャールズは部屋を見回し、ブロンド美人のスタジオ写真を見つけた。カメラをまっすぐ見つめ、両手に顎をのせている。

チャールズは指さした。「これがお嬢さんかな？」

「だから何だ？　正直に言って、きみは変わったな。短時間にそんなに矢継ぎ早に質問したことなんて、これまでなかっただろう」

「すまない」チャールズは共通の知人についてどうでもいいおしゃべりを始め、下世話なゴシップをたっぷり聞かせたので、ジョージは奇妙な質問のことをすっかり忘れてしまい、チャールズがそろそろ失礼すると言ったときは残念そうだった。

アガサにとって幸運だったのは、警察がハリソン・ピーターソンの死を自殺だと確信していたので、部屋も、そこに通じる階段も鑑識に徹底的に調べさせていなかったことだ。警察が改めて現場に行った時は、部屋も階段もきれいに掃除され、部屋にはすでに新しい住人が入っていた。アガサは階段に足跡をつけたのでは、あるいは髪の毛が部屋のどこかに落ちているのでは、とずっと心配していたのだ。

その朝、エマはことさらアガサにやさしかった。だからアガサはエマが自分に対してどんな計画を練っているか、知るよしもなかった。もっとも、エマはこれはたんに嫉妬と怒りを鎮めるための夢想にすぎない、実行するわけじゃないわ、とときどき自分の胸に言い聞かせていた。

午前中にチャールズがオフィスにやって来て、フェリシティ・フェリエットについてアガサに報告した。家に帰ると言ったくせに、どうしてまだこの界隈にいるのかは、あえてエマに説明しないことにした。「またパリね」アガサは言った。「パーティーの夜、彼女は何をしていたのかしら」

「ちょっとパリまで行って、彼女に訊いてくればいい。飛行機でさっと行って、さっと帰ってくる。日帰りで充分だ」

エマはマニキュアを塗ったばかりの爪を手のひらにぎゅっと食いこませた。二人でロマンチックなパリに行くなんて！

「明日はどう？」アガサがたずねた。

「あさってにしてもらわなくてはならないな。地元で村祭りを主催しなくちゃならないんだ。ともあれ、これからどうする？」

「ビル・ウォンに連絡をとった方がいいと思うわ。何かもっと聞きだせるかもしれない。あなたは何を調べているの、エマ？　あの行方不明の猫のビグルズはどうなった？」

「ちょうど捜しに行こうと思っていたところです」エマは答えた。

ビル・ウォンは二人と取調室で会った。「そちらから何か報告があるんじゃないかと期待したんですが」ビルは言った。「ぼくは私立探偵の手助けをするつもりはありませんよ」

「ハリソン・ピーターソンの死は殺人だったという噂を聞いたんだけど」アガサは切りだした。

「まだ新聞に出てませんよ。どこで聞きこんだんですか?」

「それは言えないわ、ビル」

「じゃあ、ぼくからも何も言えません」

「それはおそらく、きみが何も知らないからだ」チャールズが指摘した。

「いいですか」ビルは二人の顔を見た。「あなたたちがぼくに会いたがっているという伝言を受けたとき、たまたまウィルクスがそばにいたんです。二人をすぐに追い返せって、言われました。ところで、ぼくはお昼に〈ホイートシーフ〉に行くつもりでいます」

「そこで会いましょう。行くわよ、チャールズ」


エマはミルセスターの通りを行方不明のビグルズを捜して歩き回りながら、さっきチャールズが言ったことを思い返していた。彼は村祭りを主催する予定だと言っていた。人混みにまぎれて観察していれば、彼が興味を持っている女性がいるかどうか確かめられる。地元新聞をさんざん読み漁り、チャールズはフランス女性と結婚していたが、今は離婚していることを突き止めていた。

　この猫捜しよりも、その方がずっと楽しいだろう。アガサは猫を二匹飼っている。エマは猫が嫌いになってきた。

　エマはビグルズの飼い主が住んでいる通りに曲がった。生け垣越しに庭をのぞいた。ビグルズは自宅の芝生でひなたぼっこしていた。すばやく頭を働かせた。飼い主である夫を亡くしたミセス・ポーティアスは仕事に出ているはずだ。

　エマは庭の門を開け、眠っている猫に飛びかかった。用意していた猫キャリーに押しこめる。ビグルズは自分の家に連れ帰ることにした。あと一日だけ行方不明だということにしておけば、村祭りに出かける時間ができる。大切な動物が帰ってくるのを飼い主が少しも待とうとしないことには、驚くばかりだ。

　怒っている猫を入れたキャリーを数本先の通りに駐車しておいた車の後部座席に積んだ。それから、ミセス・ポーティアスは猫が帰ってきたのをすでに知っていて、庭に出していった可能性があると思いつき、不安になった。エマは住所録を広げてミセス・ポーティアスの仕事先を見つけると、電話した。

「エマ・コンフリーです。まだ捜索中だということをお伝えしようと思って」

「ああ、ありがとう」ミセス・ポーティアスは言った。その声は震えていた。「ずっとあの子のことが心配で心配で。死んでいるんじゃないかって不安なんです」

「大丈夫ですよ」エマは言った。「一日じゅう捜していますから」

ビル・ウォンは二人のまだ知らないことを何もつかんでいなかった。だが、二人の方はジョイス・ピーターソンの暴力的なパートナーについて報告できた。

「彼女、誰かと暮らしていることは話してくれませんでした」ビルは言った。「警察は彼女の行方を突き止めるのに大変な苦労をしたんですよ。どうやって居所がわかったんですか？」

「ある人から教えてもらったの」

「ある人って誰なのかなあ。ともあれ、このマークっていうパートナーは暴力的だということですが、どうしてそう考えたんですか？」

「ほっぺたに大きな痣があって、ジョイスは開いた食器棚のドアにぶつかったと説明した。それって、虐待されている女性の『階段から落ちました』っていう言い訳と同類でしょ」

「その男を調べた方がよさそうですね。苗字はわかりますか？」

「いいえ、ただマークっていうだけ。彼が嫉妬に狂ってハリソン・ピーターソンを殺したのかもね」

「ではないことを祈ります」とビル。

「どうして?」

「だとしたら、ラガット=ブラウン家の狙撃事件は未解決のままってことになる。このマークが娘を殺したがる理由はまずなさそうですから。これはだらだらと捜査が続く事件になりそうですね。そのせいで庭の手入れをする時間が全然なくて。夕べは雨が降ったのに、土がカラカラに乾いてます。この地球温暖化には何か理由があるんでしょうか?」

チャールズが口を開いた。「中世には猛烈に暑かったようだ。あと百年かそこらしたら、ミニ氷河期になるんだろうね」

「さて、これからどうする?」ビルと別れるとチャールズがたずねた。

「パリでしょ。あなたが村祭りで領主を演じている間、わたしは一日休みをとってロンドンに行き、ロイをもてなしてくるわ」

「仕事をしなくていいのかい?」

「スタッフがいるから。ケンネルにどっさり犬を飼っているのに、どうして自分で吠えなくちゃならないの?」

アガサが明日、ロイに会うためにロンドンに行くと伝えると、エマは顔を輝かせた。「本当にいい青年ですよね」彼女ははにかみながらつけくわえた。「わたしからもよろしくって伝えてください」

「そうするわ」

これでアガサを追い払えた、とエマは胸をなでおろした。厄介な猫を飼い主に返して感謝してもらったら、丸一日自由な時間ができる。

7

ロンドンはどうしちゃったのかしら？　またもやアガサはそう思った。通りはこんなに汚かった？　またロンドンに住むようになれば、気にならなくなるのかもしれないけど。

ロイを連れていったのは、ピカデリーのキャビア・レストランだった。アガサはキャビアが好きではなく、お金のむだだと考えていたが、ロイの友情を失いたくなかったし、メニューの値段を見れば彼が喜ぶことはわかっていた。

ピーターソンが殺されたことについてアガサが語っている間、ロイは熱心に耳を傾けていた。

「新聞には何も出ていませんでしたよ」ロイは言った。彼はとても保守的なビジネススーツにシャツとネクタイ、という服装だった。

「たぶん警察が情報を伏せているんでしょう。正直なところ、しょっちゅう頭の中に、あのときの光景が浮かぶの」

「殺人犯はピーターソンの知り合いにちがいないですよ」ロイはキャビアをスプーンですくいながら、大きなガラス窓の向こうのピカデリーを歩いていく人々が自分をうらやんでいますように、と願った。「部屋のドアは押し入られた形跡がないんですよね。パブから犯人に電話したにちがいない。じゃなければ、どうやって居所が見つけられるんですか？　電話が盗聴されていれば別だけど」

「スパイ小説の読みすぎよ」

「実は、最近、本物のスパイと話をしたんです。事実は小説よりも奇なりですよ」

「本物のスパイって？」

「ああ、最近会った人です。それについては話しちゃいけないことになっているので。遺体は埋葬されたんですか？」

「まだじゃないかしら。最初の検死で見落としがあると考えたら、もう一度検死をやり直すでしょう」

「ジョイス・ピーターソンのボーイフレンドを調べてみるのも一案かもしれないですよ。暴力的な男のようですから」

「明日、彼が仕事でいないときにジョイスを訪ねてみるつもりよ。だけど、彼じゃないと思うの。だって、犯人は高機能の狙撃ライフルを所持していたのよ。おそらく、狙撃者は誰かに雇われた人間ね」

「つまり、プロの殺し屋とか？」

「そう、そのたぐいの人間」

「ロブスターを食べてもいいですか？」

「好きなものを何でも食べて」

「エマはとてもいい人ですよね？」

「そうね、とてもよく働いてくれるってことがわかったわ」

「でも、人は穏やかなうわべの下に隠された闇を抱えているものですよ」

「まさか、それはないわよ」アガサ・レーズンは人間性を判断することにかけては自信があった。「あの人は見かけどおりの人間だと思うわ」

エマはバーフィールド屋敷の近くの野原に車を停めた。今日だけ、そこが臨時駐車場になっていたのだ。大きなつばの帽子とサングラスで変装したので、絶対にばれないはずだ。

屋台では自家製のジャム、ゼリー、ケーキ、自家製ワイン、木製のサラダボウル、田舎風の服、古本が売られていて盛況だった。入場は無料だったが、イベントのプログラムは一冊二ポンドで販売されている。エマはプログラムをじっくり検討した。聖歌隊の合唱、百メートル走、長靴投げ、フェレットレース、犬と馬のコンテストなど、イベントが盛りだくさんだ。長靴投げというのは初耳だったが、おそらく誰がいちばん遠くに長靴を投げられるか競うものだろう。

喉が渇いたので、大きな軽食テントの方に向かった。チャールズの姿が目に飛びこんできて、心臓の鼓動が速くなった。入り口近くのテーブルの前にすわり、ラッフルくじのチケットを売っている。彼のそばに行きたかったが、自分だと気づかれたら、また嘘をひねりださねばならない。それに、仕事をせずに村祭りに来ていたとアガサに告げ口されてしまうだろう。お茶を買うと、テントの隅にすわって、むさぼるようにチャールズを見つめた。チャールズの腕に腕をからめて立ち、みんなに挨拶することができたらすてきなのに。

きれいな女の子がチャールズに近づいていった。彼は立ち上がると、両方の頰に情熱的にキスした。それから女の子はチャールズと交替し、チャールズはテントの外に出ていった。

エマはお茶を飲み終えて後を追った。チャールズは牧草地を見渡す壇上に立ち、百メートル走の開始をアナウンスしている。チャールズが次から次にレースの審判をしているのをエマはその場に立って眺めていた。日差しが照りつけ、足が痛くなってきた。すわってチャールズを眺められる場所がないかと見回した。

そのとき占いのテントが目に入った。

エマは占星術師、透視者、占い師を本気で信じていた。チャールズに望みがあるかどうか、マダム・ゾラが教えてくれるかもしれない。

実はマダム・ゾラに扮《ふん》しているのはグスタフで、グスタフは腹を立てていた。ふだんは主人のことを好きだったが、その日は大嫌いだと思った。ボランティアでマダム・ゾラをやる予定だった村の女が病気になったので、チャールズはグスタフに衣装を着て代役を務めるようにと命じたのだ。

エマが長い列に並ばねばならないほど、グスタフは大成功をおさめていた。暑くなるにつれ、彼はますます機嫌が悪くなり、占いはどんどん奇想天外なものになっていった。その噂が祭りの会場に広がると、風変わりな占い師に運勢を見てもらいたがる人々が詰めかけてきた。

ようやくエマの番になった。彼女は垂れ布を押し開けて中に入った。テント内は暗かったのでサングラスをはずした。うれしくなるほど不気味ね、とエマは思った。テントはほぼ真っ暗で、明かりといえば、マダム・ゾラの前の小さなテーブルで燃える香りつきの蠟燭《ろうそく》だけだった。マダム・ゾラの顔は頭にかぶっているショールの陰になっている。

「すわって」グスタフはそう言いながら、目の前にいるのがチャールズをいきなり訪ねてきたいかれた女だと、すぐにわかった。さて、チャールズは彼女のことをどう言っていただろう？〝あまり彼女を非難しないでくれ、グスタフ。あの人は惨めな人生を送ってきたと思いこんでいるんだ。夫に虐待され、仕事先でもいじめられて〟

「右手を出してください」グスタフは調べるふりをしてから口を開いた。「あなたはとても不幸な人生を送ってきましたね。いばった夫がいた。しかし、彼はもう死んでいる。仕事仲間もあなたを正当に評価しなかった。しかし、あなたの人生は変わろうとしています」

「どんなふうに？」エマはたずねた。

「あなたに関心を抱いている、ずっと年下の男性がいますね」

「ええ、そうです！」

さてどうしよう？　グスタフは考えた。あのレーズンを困らせてやるのもいいんじゃないか？　エマはアガサ・レーズンの事務所で働いている、とチャールズから聞いていた。

「あなたと愛する人の仲を邪魔する女性がいます。どれどれ」彼はかがみこんで、足元の箱からクリスタルの玉をとりだした。その玉を使うのは初めてだった。クリスタルをのぞきこむ。「ええ、その女の姿が見えます。中年で茶色の髪、小さな目。この女性が近くにいる限り、あなたには望みがありません。望みはゼロだ」

「望みはゼロ」エマはわななく声で繰り返した。

「望みはゼロ」グスタフは哀れっぽい声で大げさに言った。

「どうしたらいいんですか？」

「解決策はあなたが握っています。そろそろマダム・ゾラは疲れてきたので、これ以上は見えません。十ポンドになります」

エマはすっかり動揺していたので、財布を開いて文句も言わずに料金を支払った。

彼女が出ていくと、グスタフはポケットからとりだした寄付金箱に一ポンドを入れた。それが正式な料金だった。残りのお札は自分のポケットにしまいこんだ。

エマはおののきながらテントを出た。常識の小さな声が、あんなのたわごとだ、とささやいている。しかし、それでもマダム・ゾラはわたしの過去の人生について知っていたし、アガサ・レーズンを描写してみせた。

キしていた。

もう村祭りから帰ることにした。耐えきれないほど暑くなっていたし、足がズキズ

アガサを〝排除する〟という妄想が、エマの思い込みの激しい頭の中でゆっくりと形になっていった。

しかし、エマがやっぱりそんなことは忘れようと思いかけたとき、その晩ロンドンから帰ってきたアガサが訪ねてきた。

「ロンドンの弁護士に会ってきたのよ、エマ」アガサは言った。「今後、わたしに何かあったら、探偵事務所はあなたに遺すって決めたの」

「まあ、アガサ、なんてご親切に！」

「あなたが先に年をとっていくのもわかっているから、そうね、五年のうちに、何もわたしの身に起きなかったら、追加条項は取り消すわ。あなたはこれまでとてもいい仕事をしてくれたから、エマ」

そしてつけ加えた。「そろそろ家に帰って荷造りをした方がいいわね。明日の朝、チャールズとパリに行く予定なの」

アガサが帰ってしまうと、エマは両手を握りしめてすわりこんだ。チャールズといっしょにパリに行くのは、このわたしであるべきよ。アガサを排除すれば、探偵事務

所はわたしのものになる。チャールズは探偵仕事が好きなようだ。いっしょに事件を解決できるだろう。だけど、どうやってアガサ・レーズンを亡き者にしたらいいの？事故に見せかける必要があるわ。エマの頭は熱が出たみたいにかっと熱くなった。

アガサとチャールズは早朝の飛行機でパリに飛び、タクシーでシャルル・ド・ゴール空港からサントノーレ通りのオートクチュールに向かった。名刺を渡してサロンの金メッキの椅子にすわってフェリシティを待った。

ようやく中年女性がサロンに入ってきた。二人の名刺を指先でつまんでいる。

「申し訳ありません」彼女は言った。「マドモワゼル・フェリシティはここにはいません」

「どこにいるんですか？」アガサは目の前に立つほっそりしたフランス女性を眺めながら、パリにはスタイルが悪い女性は一人もいないのかしら、と思った。

「マドモワゼル・フェリシティはバカンスです」

「いつ帰ってくるんですか？」

「え、何ですって？」

チャールズが完璧なフランス語でたずねた。「フェリシティは休暇でどこに行き、いつ帰ってくる予定なんですか？」

彼女が早口のフランス語で答えている間、アガサはいらいらしながら待っていた。

またもやチャールズが何か言い、立ち上がった。

「どういうことなの？」アガサが問いつめた。

「彼女は南フランスのどこかに休暇で出かけたが、明日帰ってくるそうだ。ここで働きはじめてまだ二カ月ぐらいらしい。以前は秘書として働いていて、ここではパソコンの知識がある人を求めていたんだ」

「困ったわね」アガサは言った。「フライトを変更したら、帰りの便は返金されないわ」

「格安航空券を買ってもいいし、ユーロスターって手もあるよ。それにミスター・ラガット＝ブラウンのアリバイをもう一度確認した方がいい」

「ああ、そうね。どこのホテルに泊まっていたんだった？　忘れちゃったわ」

「サンミシェル通りの〈オテル・デュヴァル〉だ。わたしたちもそこにチェックインしよう。今の時期はそんなに混んでないだろう」

「エマとミス・シムズに電話するわ。そして、こっちにもう一日滞在するって伝えてくる」

エマはもう我慢できないと思った。何か行動を起こさなくてはならない。以前の家から殺鼠剤を持ってきたことを思い出した。ＥＵの規則のせいで、今ではネズミ退治に毒を使わないことになっている。ネズミ捕りでつかまえて、頭をハンマーか何かで殴りつけるのだ。だが、まずアガサの家に入りこまねばならなかった。

この間、アガサはドリスが猫たちの世話をしてくれていると話していた。エマはドリス・シンプソンを訪ねた。「わたしは隣に住んでいるので、手間をかけずに猫たちの世話ができますよ。そうすればあなたは行ったり来たりせずにすむでしょ」

「それはありがたいわ」ドリスは言った。「いっしょに行って、防犯アラームの操作方法を教えますね」

アガサのコテージの鍵を手に入れると、エマはドリスと別れ、自分の庭の小屋に行き殺鼠剤の箱を取り出した。今していることがどれほどだいそれたことか、エマはあえて考えないようにした。

アガサのコテージに入った。キッチンに行くと、二匹の猫、ホッジとボズウェルがいて、エマを見上げた。エマは二匹を庭に追い出した。

エマはインスタントコーヒーの瓶をおろすと、用心のために手袋をはめ、殺鼠剤を箱の半分ぐらいざあっと空けると瓶の蓋を閉めた。

ふいに頭が冷静になった。キャットフードを見つけて、ふたつのボウルに入れた。三十分後、猫をまた家に入れると、自分のコテージに戻ったが、防犯アラームをセットするのを忘れたうえ、裏口にも鍵をかけておかなかった。それでも、悪事は完了した。


〈オテル・デュヴァル〉のフロント係はミスター・ラガット＝ブラウンのことをはよく覚えていると言った。というのも、ホテルは警察に徹底的に取り調べられたからだ。ミスター・ラガット＝ブラウンはとても魅力的な人だった。フランス語をネイティブ並みにしゃべれた。警察は航空会社を調べていたので、ミスター・ラガット＝ブラウンは供述どおりにイギリスに帰ったと判断されたはずだ、とフロント係は言った。

アガサはミスター・ラガット＝ブラウンがホテルにチェックインした後、どこに出かけたのか知っているかとたずねた。二時間ほど外出していたという話だったからだ。

フロント係はミスター・ラガット＝ブラウンは会合に行くようなことを言っていた、

と答えた。

ついていないことに、一室しか空いていなかった。マダムとムッシューは同室にしていただくしかないとフロント係に言われた。アガサは腹を立て、別のホテルを探すと言いだした。またぞろチャールズと深い関係になるつもりはなかったし、彼とひとつのベッドにいたら、拒絶できるかどうか自信がなかったからだ。チャールズはバージンみたいな態度はよせ、と叱りつけた。チャールズは早口のフランス語でフロント係としゃべっていたが、こう言った。「アギー、ぶつぶつ言うのはやめて。ツインの部屋だって」

荷物を解いてしまうと、二人は近くのレストランでランチをとった。ランチがすむと、チャールズは夜明けに出発して疲れたから、ホテルに戻って昼寝しようと提案した。

アガサは眠れるとは思わなかったが、驚いたことに目覚めるともう夕方だった。

二人は世界でもっとも美しい都市のひとつで夕闇が迫る頃、セーヌ川に沿って長い散歩をした。

「みんな、なんてスリムなのかしら」アガサは感嘆した。「それに頭に本をのせているみたいに背筋をピンと伸ばして歩いている。フランスの学校では行儀作法を教えているにちがいないわ」

「女性はみんなすてきだね」チャールズが言ったので、アガサは嫉妬で胸がチクッとした。「レストランを見つけよう」

「モベール・ミュチュアリテにはお手頃なお店があるわ」アガサが言った。「軽食なんかを出しているみたい。ランチは重かったでしょ」

そのレストランは混んでいたが、どうにか奥のテーブルにすわることができた。クロックムッシューとハウスワインをカラフェで頼んだ。

レストランでじっとこちらを見つめている人がいるので、アガサは落ち着かなくなった。フィリス・ヘッパーだと気づくと、心が沈んだ。フィリスはロンドン時代に知り合いだったPR担当者で、とんでもない酒飲みだった。

恐ろしいことに、フィリスは立ち上がってこちらのテーブルに近づいてきた。

「アガサよね？」

「フィリス」どうやら素面《しらふ》らしいので、ほっとしながらアガサは応じた。「パリで何をしているの？」

「フランス人と結婚したのよ」

「こちらはチャールズ・フレイスよ。チャールズ、フィリスよ。フィリスはわたしがロンドンで仕事をしていたときの知り合いだったの」

フィリスは笑った。「わたしだとわかったのは意外ね。当時は常にべろんべろんに酔っ払っていたから」

「そんな……」

「気にしないで。わたし、ひどい飲んだくれだったの」フィリスはチャールズに話しかけた。「だけど、AAに入ったのよ。会合に、というかアルコール依存症更生会に通っているの。匿名のアルコール依存症更生会《レユニオン・アルコーリック・ザノニーム》、パリではそう呼ばれているわ」

「じゃ、フランス語がぺらぺらなのね」

「まだまだよ。だからオルセー通りの英語の更生会に行ってるの。フランス人もたくさん来てるわ。あるときボロをまとった年寄りの酔っ払いが参加するようになったんだけど、今じゃ見違えるようよ。とても元気そうでハンサムなの。ぜひ、わたしを訪ねてきて。これが名刺よ」

アガサは明日帰るが、またパリに来ることがあったらフィリスを訪ねると約束した。

彼女がいなくなると、チャールズは言った。

「匿名の依存症更生会って言ってなかったっけ？」

「フィリスは最近プログラムに参加したにちがいないわ。ロンドンでも彼女みたいな人たちに会った。入会したばかりだと、みんなにしゃべりたがるのよ」

二人はカラフェのワインを飲み干し、チャールズはぐっすり眠れるからと言って、お代わりを注文した。これまでの事件についてとりとめもない話をしていると、いきなりチャールズが言いだした。「エマはどんな様子？」

「どんなって？」

「彼女、わたしをストーキングしてるんだ」

「やだ、チャールズ。男のうぬぼれでしょ」

「ちがうよ、本当に。村祭りで壇上に立って会場を見渡したら、まちがいなく彼女がいた。グスタフに訊いたら、エマに占いをしたと言ってたよ」

「占うって、グスタフがなぜそんなことを？」

「占い師になるはずだった女性が病気になったんで、扮装して占い師の代役をするようにグスタフに頼んだんだ。大当たりだったよ。みんな脅かされるのが好きだから、不気味なことばかり占ったんだ」

「エマには何を言ったの？」

「気の毒に思ったから、長身で浅黒い男性と知り合うだろうって、ありふれたたわごとを聞かせたらしい」

「エマと話してみるわ。実はね、遺言書に追加条項を入れて、彼女に探偵事務所を遺すことにしたの」

「なんだって、アギー。そのこと、彼女にもう話したかい？」

「ええ」

「キャンセルしろ」

「あなたをつけ回すことについて話してみなくちゃ。だけど、無理もないんじゃない？　二度、ランチに連れていったんでしょ。たぶん、彼女は孤独なのよ」

「わたしの魅力を過小評価しているようだな」

アガサはチャールズを見つめた。オープンネックのブルーのシャツとブルーのチノパンツでも、彼はきちんとして、とびきり身だしなみがよかった。

「さっさと食べて」アガサは言った。


エマは髪の毛をかきむしった。チャールズがコーヒーを飲んだらどうしよう？　それにドリスは鍵を渡したことを警察に言うだろう。そうしたら、自分が第一容疑者になってしまう。なんて馬鹿だったの、頭がどうかしてたんだわ。ドアベルが鳴った。ドアを開けると、ドリス・シンプソンが立っていた。

「鍵を返していただいた方がいいと思って」ドリスは言った。「猫の面倒を見ることでアガサからお金をもらっているんだから、あなたにやってもらったら彼女をだますことになるって、うちのバートに注意されたんです」

「わたしは気にしないわよ」エマは必死になって言った。

「どうしても鍵をもらっていくわ」ドリスはきっぱりと言った。「どこにあるんですか？」

あらまあ、ミセス・コンフリーったら、今にも気を失いそうな顔をしている、とドリスは思った。

「ああ、そこにあった」ドリスは玄関先の小さなテーブルに鍵が置かれているのを見つけた。震えているエマを押しのけると、鍵をとりあげた。

「あなたに鍵を渡したことをアガサに言わないでおいてもらいたいんです」ドリスは言った。ファーストネームでアガサを呼ぶのは村でドリスぐらいなものだった。「こういうご時世だからできるだけお金を稼がなくちゃならないし、アガサをだましたと思われたくないから」

「ひとことだって洩らさないわ」エマは言葉に力をこめた。「ええ、絶対に」

ドリスが帰ってしまうと、エマはすわりこんで、やせた体を抱きしめた。それから立ち上がって庭の小屋に行くと、殺鼠剤をとりだして堆肥の山の下に埋めた。

二人が帰ってくるのをずっと待っていて、いっしょに家に入ることにした。コーヒーの瓶をひっくり返し、中身を掃き集めて捨ててしまおう。アガサが連絡を入れているから、ミス・シムズはいつ二人が帰る予定か知っているはずだ。

「いっしょにベッドに入らないのかい?」チャールズがたずねた。

「ええ。それにできたら裸で部屋を歩き回らないでほしいわ。目のやり場に困るでしょ」

チャールズは自分のベッドに上がるとため息をついた。「あなたも年をとったんだね、アギー」

「いいえ、ちがいます」アガサは憤慨した。「あなたが不道徳なのよ、まったくもう」

「わたしはこれまでとまったく変わらないよ。おやすみ」

アガサはしばらく目を覚ましていた。これまで何度かチャールズとベッドをともにしたことがあった——しかも、それを楽しんだ。しかし、その親密さにチャールズは少しも心を動かされないように思えた。だから、アガサは利用されたように感じ、自分とのセックスはチャールズにとってお酒や煙草と同じようなものなのだ、と結論づけたのだ。

しかし、まもなくたっぷり飲んだワインが効いてきて、アガサは眠りにひきこまれ、不穏な夢を次から次に見た。


男は幸運が信じられなかった。フェンスを乗り越えてアガサの庭に入ると、キッチンのドアに回った。キッチンのドアはわずかに開いていた。エマは猫を入れるときにきとんと閉めなかったのだ。

すばやく中に入ると、家捜しをした。誰もいないようだ。だが、仕事はしなくては。彼女が戻ってくるのを待つとしよう。闇の中で二組の目がこちらをにらみつけている。

「くそ、猫か」男はつぶやいた。しかし猫好きだったので、シッと言って庭に出すと、ドアを閉めた。

いったいあの女はどこにいるんだ？　情報提供者は今夜戻ってくると言っていた。だが、まだ真夜中になったばかりだ。待っていた方がいいだろう。

朝日が窓から射しこんできたとき、男はやかんの隣にインスタントコーヒーの瓶があるのを見つけた。コーヒーでも飲むか、そうすれば目を覚ましていられる、と男は考えた。

エマは夜明けに目覚めた。服を着て肘掛け椅子にすわっていた。いつ眠りこんでしまったのか記憶になかった。ふいに、猫を入れたあとに裏口ドアを閉めたかしら、と不安になった。コテージを出てあたりをそっと窺《うかが》ったが、誰もいない。アガサのコテージの横手の道を進んでいき、庭側のドアに回ってみると閉まっていたのでほっとして力が抜けた。そのとき、猫たちが庭にいるのが見えた。

でも、絶対に二匹を家に入れたはずよ。手袋をはめてノブを回すと、ドアが開いたので胸をなでおろした。明かりをつけた。とたんに、くぐもった悲鳴が洩れた。キッチンには嘔吐物の臭いがこもり、床に男が倒れている。テーブルにはリボルバーがあった。エマはコーヒーの瓶をつかんでドアの方にあとずさった。大急ぎで自分のコテージに引き返す。キッチンには同じコーヒーの瓶がある。布で指紋を拭きとると、急いでアガサの家に引き返して、カウンターにその瓶を置いた。それから布をとりだして、足跡を拭き取りながらドアから出た。待って、エマ！　頭の中で声がした。この男はどうやって入ったの？　ドリスはわたしに鍵を渡したと言うだろう。絶対に。そうしたら男をコテージに招き入れたと責められるかもしれない。この男はアガサの知り合いではありえない。黒い覆面をつけ、テーブルにリボルバーを置いているんだから。エマはロックガーデンから石をひとつとると、ドアのガラスを割った。どうして防犯アラームが鳴らなかったんだろう？　セットするのを忘れたのかもしれない。もう一度セットし直しておこう。となると、家の玄関から出ていかなくてはならない。冷静な決意が浮かんだ。エマは階段の下の戸棚でアガサが車を掃除するのに使っているハンドクリーナーを見つけた。自分の足跡をていねいに掃除しながら玄関まで歩いていき、防犯アラームをセットして鳴らないことを祈った。ガラスがすでに割れているから、鳴らないはずだ。そのとき、男はカップでコーヒーを飲んだにちがいないと気づいた。そのままにしておくべき？　ええ、そうするしかない。もはや戻る気力はなかった。家の横手の小道は砂利だから、ここに来たときには足跡をつけていないはずだ。鍵は持っていなかったが、ドアを閉めると自動ロックがかかった。ハンドクリーナーは持って帰ることにした。

エマは家に帰ると服を脱ぎ、ベッドにもぐりこんだ。眠りに落ちる寸前に、いとしいチャールズはわたしに命を救われたことを永遠に知らないままなんだわ、という考えが頭をよぎった。

翌朝、アガサはチャールズに揺り起こされた。「起きて」チャールズがせっぱつまった声で言った。「フランスの警察が下に来ていて、あなたと話したいんだって」

「何時なの？」

「十一時だ。ワインのせいだよ。寝坊した。電話も聞こえなかったんだろう。さあ、服を着て。わたしが先に行って、話を聞いておくよ」

アガサはあわてて服を着ながら、いったい何が起きたのかしらと首を傾げた。ロビーに下りていくと、二人の警官がいた。フランス人刑事のようだった。

「わたしから説明した方がいいだろう」チャールズが言った。「二人とも英語があまり得意じゃないからね。ある男がカースリーにあるあなたのコテージのキッチンで死んでいるのが発見されたんだ。毒殺されたらしい」

「何者なの？」

「知るもんか。今、この刑事たちが知りたいのは、あなたがパリに着いた時間と、その後、どこにいたかってことだ。わたしがすべて話したので、それを確認できるだろう」

チャールズは刑事の方を向いて、フランス語でまくしたてた。一人の刑事が答えた。

アガサは辛抱強く待っていた。

「侵入者だったらしい。キッチンのドアのガラスが割られていたんだ。キッチンのテーブルには頭から肩まで覆う黒い目出し帽とリボルバーが残されていた。何者かがあなたを殺そうとしたんだよ、アギー。われわれは警察署で待機することになった」

チャールズはまた刑事に向かってしゃべった。

「荷物をまとめてチェックアウトした方がいいって言ってる。長い一日になりそうだ」

刑事の一人が口を開いた。チャールズは通訳した。「われわれの部屋を調べている間に、よかったら朝食をとってもかまわないって」

アガサはうなずいた。アガサの人生ではめったにないことだったが、言葉を失っていた。


その朝、エマは窓辺で見張っていた。ようやくドリスが通り過ぎるのが見えた。悲鳴を待ち構えたが、しんと静まり返ったままだ。そのとき、遠くからパトカーのサイレンが聞こえてきた。

エマはさっと立ち上がった。隣に走っていって警察よりも先に家に入ろう。そうすれば、ハンドクリーナーで吸いとりきれなかった足跡が残っていても、問題視されないだろう。

玄関ドアは開けっ放しだった。エマは中に入った。ドリスがキッチンから現れたが、その顔は蒼白だった。「そこには入らないで。死体があるんです」

「誰なんですか？」

「見たこともない男」

「ちょっと見せて。知っている人かもしれないわ」エマはずかずかとキッチンに入っていった。さっきはじっくり顔を見ていなかった。がっちりした体つきで、ふさふさした黒髪をしている。顔があまりにもゆがんでいるので、ふだんはどんな顔なのか想像もつかなかった。

ビル・ウォンが最初に到着した。

「ただちに二人ともここから出てください」彼は厳しく命じた。「アガサはどこですか？」

「パリよ」エマが言った。

「どこに泊まっているか知ってますか？」

「ミス・シムズなら知ってるはず」

「ミセス・コンフリー、あなたは犯行現場を歩き回っている。すぐに出ていってください」

「わかりました。ああ、なんてショックなの」エマはわっと泣き崩れた。神経が今にもプツンと切れそうだった。

ドリスは先に出ていった。エマは涙をぬぐいながら、痕跡をすべて消したかしら、と考えていた。コーヒーの瓶は殺鼠剤を隠した堆肥の山の下に埋めた。だけど、エマが鍵を持っていたとドリスが話したら、コテージと庭を捜索されるかもしれない。

「わたしは戻って供述をしなくちゃならないわ」ドリスが言った。「あなた、大丈夫？」

エマは元気をかき集めた。「今日はオフィスに行かないことにする。気分転換に庭仕事でもするわ」

アガサとチャールズは警察署の一室で何時間も待たされた。パスポートと飛行機のチケットはとりあげられてしまった。

「パリで何をしていたのか、とたずねられるはずだ」チャールズが小声で言った。「ジョージはわたしの古い友だちだからフェリシティを訪ねるつもりだった、と説明した方がいいだろう。こっちで少し息抜きをしたかっただけだって」

「ミスター・ラガット＝ブラウンと同じホテルに泊まって？」

「でも、ミセス・ラガット＝ブラウンはあなたを雇ったんだから、彼のアリバイを念のため調べていたんだとしてもおかしくないよ」

ドアが開き、英語を話すフランス人刑事が入ってきた。彼は二人にパスポートと飛行機のチケットを渡した。「イギリス警察が四時のヒースロー行きの飛行機に乗るように言っています。あなたたちがイギリスに帰ってくることが重要だと判断したようだ。パトカーがヒースロー空港で出迎えるそうです」

チャールズは腕時計を見た。「そろそろ出発した方がいいな」

「パトカーでシャルル・ド・ゴール空港までお送りしましょう」

空港までの道中、チャールズは不安そうにたずねた。「あなたはわたしと同じことを考えているのかな？」

「というと？」

「リボルバーと黒い目出し帽のことだ。アガサ、何者かがあなたを殺そうとする可能性はあると思う？」

「コッツウォルズで？」

「考えてみて。カサンドラを狙撃した人間は一流の狙撃ライフルを持っていた。あれは素人の仕業じゃないよ」

「だんだんぞっとする成り行きになってきたわね。その男が有名な空き巣狙いだったことを祈りましょう。だけど、どうして防犯アラームが作動しなかったのかしらね？」

エマは殺鼠剤とコーヒー瓶を掘り出すと、それを袋に入れ、車に運びこんだ。警察に供述をとられたが、ぐっすり眠っていたので、何も聞かなかったと言った。車を出しながら、ほっとして息を吐いた。ドリスは絶対にエマがアガサのコテージの鍵を持っていたことをしゃべるだろう。オールド・ウースター・ロードに出ると、自治体のゴミ捨て場をめざした。殺鼠剤とコーヒー瓶が入った袋を一般ゴミのコンテナーに放りこむと、肩の力が抜けた。

それから、もう心配することは何もないわ、と考えた。警察はあの男が押し入ったと考えるだろう。防犯アラームは故障していたということで片付けられるはずだ。キッチンの床に倒れていた死体を思い出すと急に気分が悪くなり、車を停めると道に飛び出し、激しく嘔吐した。

8

アガサとチャールズはまっすぐミルセスター警察に連れていかれ、取調室に入れられた。

やがてウィルクス警部が別の刑事を連れてやって来た。彼は公安部のウィリアム・フォザーと自己紹介した。さらにもう一人が部屋に入ってきて、壁に寄りかかると腕を組んだ。

「公安部とどういう関係があるんですか？」アガサはたずねた。

「質問はこちらがする」フォザーが切り口上に言った。

浅黒い肌で茶色の髪は後退しかけ、大きなみっともない手を組んでテーブルにのせている。彼の最初の質問は予想もしていないものだった。

「ミセス・レーズン、アイルランド共和国を最後に訪ねたのはいつだったかね？」

「それがこの事件とどういう関係が？」

「いいから質問に答えるんだ」彼は怒鳴った。

平凡な外見にもかかわらず、フォザーにはどこか威嚇的なところがあった。

「行ったことはないわ」アガサは言った。「ようするに、行きたいと思ったことがないんです。ほら、休暇には太陽を求めるものでしょ」

「では北アイルランドは？」

「そっちも一度もありません」

「確認はとれる」

「あら、どうぞ、そうしてちょうだい」アガサはだんだんむかついてきた。

「ジョニー・サリヴァンという名前を聞いたことがあるかね？」

「いいえ。何者なんですか？」

「おたくのキッチンの床で死んでいた男だ。ＩＲＡの歩兵だった。殺人罪でメイズ刑務所に入っていたんだが、トニー・ブレアの有名な大赦で釈放されたんだ」

「まちがえた家に侵入した可能性はないんですか？」チャールズがたずねた。「なぜって、アガサはアイルランドにも政治にも、まったく関係がないからです」

「あなたにはあとで話を聞く、サー・チャールズ。今は黙っていていただけると助かるんだが」

フォザーはまたアガサに視線をすえた。「サリヴァンはなんらかの毒で殺された。テーブルには空のコーヒーカップがあった。中身は分析中だ、コーヒー瓶といっしょにね。これまでのところコーヒー瓶からは指紋が検出されていないが、何者かがコーヒー瓶に毒を入れたと思われる。おそらく、彼が訪ねてくるのを予想していた人間がね」

「パリに出発する前にキッチンに置いてあるコーヒー瓶を使ったわ。コーヒーを一杯飲んだんです。大丈夫、チャールズ？　ひどく顔が青いわよ」

「もしも」とチャールズが言いだした。「まったく関係のない何者かがアガサを殺そうとして毒を仕込んだが、このサリヴァンという男が代わりにコーヒーを飲んでしまったとしたら？」

「たとえば誰なんだね？」

エマについて話すべきだろうか、とチャールズは追いつめられながら考えた。彼女が完全に無実だったら、大変なことになるだろう。そこでこう言葉を濁した。「たぶんアガサの事件に関わった誰かです」

「今、警察が彼女のファイルを調べている。動揺しているようだな。本当に毒を入れた人間に心当たりがないのかね？」

「いえ、全然」チャールズは首を振った。

フォザーはアガサの方を向いた。「どうしてパリに行ったんだね？」

「息抜きをしたかったから。それにチャールズが友人のお嬢さんと会いたがったんです。〈ティエリー・デュヴァル〉というオートクチュールで働いています。名前はフェリシティ・フェリエット。休暇をとっているけれど、明日戻ってくるって言われて」

「その女の子と会うためだけに、二枚分の飛行機のチケットをむだにする決心をしたのか？」

「実はちがいます。パリにいる間に、ミスター・ラガット＝ブラウンのアリバイをもう一度調べてみてもいいと考えたんです。ミセス・ラガット＝ブラウンに雇われて、お嬢さんの狙撃未遂事件を調べているので」

「その件についてはちょっとおいておこう」フォザーは大きな手を組んで、身を乗りだした。「テロリストになる前、サリヴァンは名うての空き巣狙いだったんだ。どんな家にでも入ることができると言われていた。だが、キッチンドアのガラスは石で壊されていた。あなたが家にいたら、絶対に物音を聞いただろうね。となると、サー・チャールズのアイディアを考えないわけにはいかない。ここには二人の人物がいる。

一人はあなたを毒殺したがっている。もう一人はあなたを撃ち殺したがっている。おそらく毒殺犯が手がかりを残していないか確かめるために戻ってきて、死体を見つけたのだろう。動揺して、押し込みに見せかけようとした。毒入りコーヒーは持ち去り、指紋を拭きとった新しい瓶と交換した。さて、ドリス・シンプソンはあなたの家の鍵を持っていた。サリヴァンが押し入ったときに防犯アラームが鳴らなかったということは、そのときはセットされていなかったが、あとからセットし直したということを意味している」

「ドリスはわたしを傷つけるような真似は絶対にしないわ！」アガサは叫んだ。

「どうだろう。今ちょうど彼女が供述をしているのでね」

ドアがノックされた。ビル・ウォンの顔がのぞいた。

「ちょっとお話があるんですが」

フォザーの隣にすわっていたウィルクスが立ち上がろうとしたが、フォザーがさっと立ち、部屋を出ていった。

「ミセス・レーズン」ウィルクスが言った。「できたら、引退したご婦人らしくふるまっていただけるとありがたいんですがねえ」

「テープがまだ回ってますよ」チャールズが注意した。

ウィルクスは立ち上がってスイッチを切ったが、またすわったときにフォザーが部屋に入ってきた。

「ドリス・シンプソンが、ミセス・エマ・コンフリーにあなたの家の鍵を貸してほしいと言われたと供述しています。彼女はあなたの事務所で働いていて、隣に住んでいる女性ですね。猫の面倒を見るためにわざわざ通ってくるまでもない、とミセス・シンプソンに言ったそうです。そのあと、ミセス・シンプソンは考え直し、鍵を返してほしい、あなたから仕事の対価を支払ってもらっているので、自分でやらなかったらだましていることになるから、と伝えに行った。それについて、何か言いたいことは？」

だが、フォザーはアガサではなく、チャールズに視線を向けていた。

「サー・チャールズ？　あなたは誰がミセス・レーズンを毒殺しようとしたか知っていると思うが」

「エマ・コンフリーを二度ランチに連れていったんです」チャールズは淡々と述べた。「彼女はわたしにのぼせあがったんだと思います。そのあと、ストーキングするようになった。わたしとアガサとの友情に嫉妬したんだと思います。とはいえ、そこまでするとは信じられないのですが」

「いずれわかるだろう。彼女を連行する予定だ。わたし自身が彼女を取り調べるつもりだ。さて、最初からもう一度繰り返してください。正確な行動をね、ミセス・レーズン。パリへの旅の最初から」

エマはパトカーの後部座席にすわり、必死になって頭を絞っていた。ときどき恐怖のあまり頭がくらくらするような気がした。

警察は何も発見していないにちがいなかった。だから、ドリスが鍵を渡したことをしゃべったにちがいない。まあ、ドリスが鍵を返してほしいと言ってくるまで、家に入らなかった、と主張すればいいだろう、とドキドキしながら思った。冷静さを失ってはいけない。国防省で長年働いてきて、世間ではきちんとした女性と思われてきたのだ。殺人を企むなんて、誰も信じるわけがない。

その日はどんよりと曇り、肌寒かった。長かった小春日和がついに終わり、木の葉は赤や茶色や金色に色づきはじめている。

最初に供述をとったビル・ウォンが担当だろうとエマは思っていた。

エマは取調室に案内された。勇気を出して、と自分に言い聞かせる。強力接着剤の取り調べにだって耐えたのよ。この事件も切り抜けられるわ。

部屋に入ってきたのはビル・ウォンではなく、アガサとチャールズの取り調べを中断して、彼女の話を聞くためにやって来た連中だった。

フォザーが自己紹介すると、エマはかすかに青ざめた。これはかなり深刻な事態だ。公安部の人間がミルセスターで何をしているのだろう？

テープレコーダーのスイッチが入れられ、フォザーが口を開いた。

「あなたはエマ・コンフリーですね。ライラック・レーンのミセス・アガサ・レーズンの隣に住んでいる」

「そのとおりです」聴取が始まったとたん、冷静さが全身に広がっていくのを感じながら、エマは答えた。

「ライラック・レーンは袋小路で、家は二軒しかない」

「そうです」

「さて、あなたはミセス・レーズンの掃除婦の家に行き、ミセス・レーズンの家の鍵を渡してほしいと言った。どうしてかね？」

「わたしがアガサの猫の世話をしたら、彼女の手間を省けると思ったからです」

「あなたはアガサ・レーズンの探偵事務所に雇われている。どうして仕事をしていなかったんだ？」

「ずっと忙しく仕事をしていたので、少し休もうと思ったんです」

「しかし、前日にも休んでバーフィールド屋敷の村祭りに出かけた」

エマの冷静さがぐらついた。「行ってません」震える声で否定した。

「サー・チャールズとその執事のグスタフの両方が、あなたが現地にいたと証言している。執事はマダム・ゾラの扮装をしていた。あなたは彼に占いをしてもらっただろう」

「ええと、本当は仕事をしているべきだったので」エマは必死になって言い訳した。内心はグスタフがマダム・ゾラだったという事実に衝撃を受けていた。「だけど、チャールズは友人ですし、たまたまあのあたりに……迷い犬を捜しに行ったので立ち寄ったんです。雨があがって、いいお天気でした。チャールズから村祭りのことを聞いていたので」

「しかし、彼には近づかなかった」

「とても忙しそうでしたから。少し会場にいて、それから仕事に戻りました」

「サー・チャールズの見解だと、あなたは彼をストーキングしているということだが？」

急にエマはどうなろうとかまうものか、という気になった。

「そんなの馬鹿げてます」いさめるような口調で続けた。「まあ、男性のうぬぼれには慣れてますけどね。少し親しげなそぶりを見せると、自分を追いかけていると考えがちなんです」

「その件については少し置いておこう」フォザーはテーブル越しに体を乗りだした。「では、正確にいつ、あなたはミセス・レーズンのコテージに入ったんだ？」

「入りませんでした」エマは否定した。「時間がなかったんです。入る前に、ドリスが鍵を返してほしいと言ってきたので」

「死んだ男を前に見たことがあるか？　ミセス・シンプソンが警察を待っているときに現場にいたね？」

「いいえ、見たこともありません」

「最後にアイルランドに行ったのは？」

「ああ、十年以上前です。休暇で。コークに行きました」

質問は延々と続き、その間チャールズとアガサは隣の部屋でそわそわと待っていた。

「深刻な事態だよ、アギー」チャールズが言った。「あなたのキッチンで死んでいたのはＩＲＡのメンバーだった。彼は暗殺者だったんだ。何者かがあなたを消したいと思っているんだよ」

「エマのことが気になって」アガサは髪をかきあげた。「彼女がわたしを毒殺しようとしたって、本気でそんなこと思ってるの？」

「あなたに警告しようとしただろ。彼女にはどこか異常なところがあるって」

「殺鼠剤を使ったとしたら、どこかでその痕跡が見つかるはずよね。どこに隠すかしら？　庭？」

「家や庭から運び出して、できるだけ遠くに捨てに行くと思うな。わたしだったら、森の中とか――そうだな茂みの中とかに捨てるだろう。ともあれ、アイルランドとのつながりって何だろう？」チャールズは言葉を続けた。「ピーターソンは正式に組織に加わって、金の取り立てなんかをしていたのかな？」

「それだったら、テロリストは彼を殺した犯人を追いそうなものよね」

一時間たち、女性の警官に出されたまずいコーヒーを何杯か飲んだあとで、二人の聴取が再開された。

ウィルクス警部が取り調べを引き継いだ。テープのスイッチが入れられると、彼は言った。「ミセス・レーズン、おたくの電話が盗聴されていることに気づいていましたか？」

「まさか！」アガサはショックで目を丸くした。

「ラガット＝ブラウン家の狙撃事件について、知っていることをすべて話してください」

アガサは事実を整理してみて、ハリソン・ピーターソンが滞在している場所と彼が話をしたがっていることをパトリック・マリガンが電話で伝えてきた、というきわめて重要な事実は抜かすことにした。

いくつもの質問、さらに質問。時間がどんどんたっていった。とうとうウィルクス警部が言った。「あなたに隠れ家を用意しよう、ミセス・レーズン。今後、数日間は探偵事務所に行かないようにしてもらいたい。サー・チャールズ、あなた自身の安全のために、ミセス・レーズンといっしょに隠れ家で過ごすようにお願いしたい。明日、さらに質問するために隠れ家を訪ねる。帰る前に、携帯電話が盗聴されていないか確認させてもらおう。それから、どの服を持ってきてもらいたいか、指示をしてくれ。警官が荷物を詰めるから」

電話を調べられている間、アガサはまたエマのことを考えた。念のため、弁護士に電話して、例の追加条項を削除するように言った方がよさそうだ。

ミセス・ブロクスビーは消耗する一日を過ごしていた。怒った村人たちがひっきりなしに牧師館を訪ねてきて、アガサ・レーズンを村から追い出せと迫ったからだ。殺人未遂犯の銃と目出し帽が残されていたことが村じゅうに広まっていた。探偵事務所を開いたことで、アガサ・レーズンはカースリーに恐怖を持ちこんだのだ、と村人たちは非難した。

牧師の妻は一人一人にできるだけ辛抱強く接し、ミセス・レーズンの活躍がなかったら、何人かの殺人犯はまだそこらを自由に歩き回っていただろう、と指摘した。とうとう、今夜はもう来客には応じない、と夫に宣言した。珍しくシェリーを一杯注ぐと、グラスを手に庭に出ていった。飲み物をガーデンテーブルに置いてすわろうしたとき、ドアベルがまたもや鳴った。甲高い音を無視しながら、シェリーをすすり、庭のはずれの教会墓地を照らす光が薄れていくのを見守っていた。

そのとき教会墓地から哀れっぽい声が呼びかけた。「ミセス・ブロクスビー！」

「どなたなの？」きつい声で訊き返した。

「わたしです、エマ・コンフリーです。ぜひお話ししたいんです」

ミセス・ブロクスビーはため息をついた。「玄関の方に回ってきてちょうだい」

エマを中に入れると、この人は神経衰弱寸前だわ、と思った。目は泣いていたせいで赤く、両手はわなわな震えていた。

「庭に出ましょう」ミセス・ブロクスビーは言った。「シェリーはいかが?」

「いいえ、けっこうです。ただ、誰かにどうしても話したかったんです」

二人がすわるなり、エマはしゃべりだした。「警察はわたしがアガサを毒殺しようとしたと考えているんです!」

「あなた、毒を入れたの?」ミセス・ブロクスビーは静かにたずねた。

「もちろんちがいます。まさかそんなこと……ああ、もっとひどいことがあるんです」

「それ以上にひどいことなんて思いつかないけど。話してみて」

「チャールズがわたしにストーキングされていると警察に話したんです」

「そうだったの?」

「いいえ、ストーキングなんてしていません!」エマは叫んだ。それから、もっと声を落とした。「すべてぞっとする誤解なんです。わたし、バーフィールド屋敷の村祭りに行ったんです、それだけなのに」

「勤務中だったのに、どうして屋敷に出かけたの?」

「あの近所で仕事をしていたんです。チャールズは友だちだから……以前は」

「彼と会って、何を話したの？」

「とても忙しそうだったので、近づかなかったんです」

「何もしてないなら心配する必要はまったくないわ。ただ、今後はサー・チャールズ・フレイスに近づかないようにすればいいだけよ」

「だけど、わかっていいただけませんか、どうしても彼と話をしたいんです。どうしてそんなひどいことを言ったのか訊きたいんです。何時間も警察に尋問されたんですよ」

またもやドアベルが甲高く鳴った。「出た方がよさそうね」ふいにミセス・ブロクスビーはエマと二人だけでいたくない、と強く感じた。

彼女はドアを開けた。

「警察です」私服の警官が言った。「鑑識班がミセス・レーズンのコテージの作業を終えたので、次はミセス・コンフリーのところを調べたがっています。彼女は来ていますか？」

「ええ、呼んでくるわ」

ミセス・ブロクスビーは庭に戻っていった。「ミセス・コンフリー、鑑識班があなたのコテージを調べたいんですって」

エマはさっと青ざめた。「鍵だけ渡して、ここにいてはいけません?」

「残念ながらだめよ。だけど、とにかくミセス・レーズンの身に何も起きないことを祈りましょう。だってね、もしそんなことになったら、ミセス・コンフリー、あなたが第一容疑者になるからよ」

エマはミセス・ブロクスビーの腕をつかんだ。「わたしがやったと思ってるのね!」

ミセス・ブロクスビーはその手を振り払った。「どうかもう行ってちょうだい、ミセス・コンフリー。わたしは主人の夕食を用意しなくてはならないし、警察があなたを待っているわよ」

「隠れ家ってどんなだろう、ってずっと想像していたの」アガサは言った。「たいしたことないわね? それに一軒家じゃなくて、マンションの一室じゃないの」

部屋はミルセスター郊外にあるマンションの中にあった。そのマンションは最近建てられたので、まだ空き室がいくつかあったのだ。二人の部屋には必要最低限の家具しか置かれていなかった。寝室は三つ。ひとつがアガサ、ひとつがチャールズ、もうひとつが二人の世話係のがっちりした私服刑事用で、テリーという名前だった。

アガサはキッチンに入っていった。冷蔵庫にはミルクがあり、ティーバッグとインスタントコーヒーの瓶がカウンターに置かれている。

「食べ物は？」アガサはたずねた。

「フードデリバリーのリストがあります」テリーが言った。「ほしいものを言ってくれれば、電話して届けてもらいますよ。インド料理、中華、ピザもあるな――どれにしますか？」

「飲み物は？」チャールズがたずねた。「アルコールだとありがたいが」

「地元のスーパーに配達してもらえます。二十四時間営業です」

「ショッピングリストを渡すわ」アガサが言った。「だって朝食の食べ物も必要でしょ」

テリーが電話をかけているあいだ、チャールズはアガサを脇にひっぱっていってささやいた。「いっしょの寝室にするって言って」

「冗談でしょ、チャールズ、こんなときに！」

「ピロートークだ。内密の相談があるけど、彼が聞いていたんじゃ話せないよ」

「わかったわ」

食事を終えて、テレビでいくつかの番組を見ると、チャールズがそろそろ寝ると言いだした。

テリーは自分はソファで寝た方がいいだろうと言った。「万一のためにね」それから釘を刺した。「携帯は使わないでください。それから誰にも居場所を言わないように」

ベッドに入ると、チャールズはアガサにぴったり体を寄せてきた。「離れてよ！」アガサは怒った。

「相談しなくちゃならないだろ」チャールズはひそひそ声でささやいた。「まずエマの件から。彼女があなたを毒殺しようとしたと仮定してみよう。証拠を処分するぐらいの知恵はあるはずだ。どこに捨てただろう？　あなたならどこに捨てる？」

「あなたと同じね……どこかの森の中」

「誰かに見られるのを恐れたはずだ。たぶん猟場番人に会うのを。このあたりの森にはそこらじゅうに小道があって、ハイキングをしている連中とか、犬を散歩させている人がいる。他には思いつかない？」

「頭の隅にひっかかっていることがあるの」アガサはゆっくりと言葉を口にした。「そう、オフィスでの話題よ。エマは庭の隅の物置に処分したい物があるって言った。壊れた椅子とか、脚が一本とれたテーブルとか。そうしたらミス・シムズが『オールド・ウースター・ロード沿いにある自治体のゴミ捨て場に持っていったら？』って言って、行き方を教えた。ここを出られたら、すぐに調べてみましょう」

「どのぐらいここに閉じこめられているのかな」

「見当もつかないわ。刑務所に入れられているみたいな気分になるわね。殺し屋とピーターソンの殺害には何かつながりがあるにちがいないわ」

「ちょっと待って。ラガット＝ブラウンがライアンから名前を変えたって言ってたよね？　ライアンはアイルランドの名前だぞ」

「彼のはずがないわよ」アガサはむっとした。「とても魅力的な洗練された男性だもの。それに、銃撃未遂にだって関係しているはずがない。しかも、自分の娘でしょ！　それに、彼のアリバイをわたしたちで再度確認したじゃないの」

「あいつには甘いんだな、アギー」

「ええ、わたしをディナーに連れていってくれて、ごちそうしてくれたもの。あなたはそんなことしてないでしょ」

二人は文句を言い合い、さらに事件について議論し合い、また口げんかをして、とうとう眠りに落ちた。

二人の寝室の壁に耳を押しつけていたテリーはそっと戻ってくると受話器をとった。

そして鑑識班にオールド・ウースター・ロードの自治体のゴミ捨て場を調べるように、

と指示した。

その晩、エマはモートン・イン・マーシュのホテルに泊まった。何度も寝返りを打ちながら、自分は安全なのだろうかと考えた。

朝になったらゴミ捨て場をチェックして、コンテナーが運ばれたかどうか確認しなくては。それを知るまでは、心が安まらなかった。

寒く、霧が濃くたちこめた朝が明けた。白っぽい風景の中の色彩といえば、秋の紅葉だけだ。エマは安定した速度で慎重に車を走らせていたが、不安のあまりステアリングを握る手は汗ばんでいた。

オールド・ウースター・ロードに入ると、ゴミ捨て場をめざした。前方の入り口に曲がりこもうとしたとき、白い服を着た鑑識班の姿が見えた。

エマはゆっくりとバックすると道に出て、アクセルを踏みこみ、ホテルに猛スピードで戻った。

急いで部屋に行き、一泊のために持ってきたわずかな荷物を詰めた。料金を支払い、コーヒー瓶と殺鼠剤が発見されるまでにはわずかな時間しか残されていないと計算した。指紋は残さなかったが、鑑識がゴミ捨て場を探しているということは、エマが犯人だと考えているからに他ならなかった。

エマは車に乗りこみ、家に戻っていくつかの物を持ち出す危険を冒すべきだろうか、と思案した。しかし、その案は却下した。モートンの銀行でお金をおろせるようになっているが、口座のお金をすべておろすなら、ロンドンの本店に行かなくてはならない。ロンドンまで一時間半。どうにか間に合うだろう。

二万ポンドの引き出しを処理するのに、銀行ではいらいらするほど待たされた。ようやくお金を手に入れると、いちばん近い美容院に行き、長い髪を短くカットして、焦げ茶色に染めてもらった。それからお店に行き、ジーンズとセーター、Tシャツ、アノラック、スニーカーを買った。試着室で新しい服に着替え、スーツケースの服は出してそこに放置し、新しく買った物を詰めた。店の見習い店員はあとで服を見つけたが、警察には届けず、服を家に持ち帰って母親にあげた。

新しい車が必要だった。しばらくのあいだ行方を追跡されない車。自分の車は横町に乗り捨て、タクシーでヴィクトリア駅まで行き、スーツケースは手荷物一時預かり所に置くと、地下鉄でイースト・エンドまで行った。

怪しげな中古車店を見つけると、小さなフォードのバンを現金で購入し、セントラル・ロンドンまで走り、ヴィクトリア駅近くの駐車場に停めた。エマは警察に見つかりませんようにと、ひやひやしながら駅構内を歩いていった。イースト・エンドでレインハットを買い、顔が隠れるほどひさしを引き下ろしていた。

バンに戻るとスーツケースを後部座席に放りこんだ。さて、どこに行こう？　最初は北に向かい、スコットランドの荒野をめざそうかと考えたが、同じことをした結果、都会にいるよりもハイランドの荒野での方がはるかに目立ってしまった人々の話をどこかで読んだと思い出した。

スカボローだわ、と閃《ひらめ》いた。海辺の町だから、まだシーズン最後の観光客がいるだろう。ロンドンから出ると北に向かってひたすら走った。ヨークシャーに着いた時は、バンのエンジンが妙なカチャカチャという音を立てはじめた。車はヨークシャーのムーアに捨てようかと思ったが、思い直した。廃棄された車があれば警察が呼ばれるだろう。そこでヨークに入り、郊外に駐車した。スーツケースを持つと、誰かが盗んでくれるのを期待してキーを残したまま車を降りた。

それからバスで鉄道駅まで行き、列車でスカボローまで行った。疲れてきたので町の中心部までタクシーで行きたかったが、外見を変えたとはいえ、バスの方が安全だろうと判断した。中心部に着くと、ちっぽけなありふれた外観のB&Bを見つけてチェックインした。

狭くてみすぼらしい寝室に入ってドアを閉め、鍵をかけるとベッドに倒れこんだ。とたんに毒のような怒りがわきあがってきた。チャールズはわたしを裏切った。チャールズはわたしに恥をかかせた。わたしをストーカーと呼んだ。たとえそれでつかまることになっても、彼に報いを受けさせてやる。

四日後、アガサとチャールズは隠れ家から解放されることになった。「彼らは法廷で重要証人にはなれそうもないからな」フォザーは言った。「それに国費を使っているし」

「しかし、誰かがミセス・レーズンを殺そうとするかもしれない」ウィルクス警部が言うと、フォザーは苦々しげに答えた。「かまうもんか。わたしは素人探偵には我慢できないんだ」

フォザーは隠れ家に行くと、もう自由だからそれぞれ好きなことをしてけっこうだ、と伝えた。「エマ・コンフリーはまだ行方不明だ」フォザーは言った。「殺鼠剤と毒入りコーヒーの瓶はオールド・ウースター・ロードのゴミ捨て場で発見された」

アガサはテリーをにらみつけた。「戸口で聞き耳を立てていたのね」

「警察の諜報活動をみくびってるな」フォザーは冷ややかな口調で告げた。「ミセス・レーズン、今後はラガット＝ブラウン事件から手を引き、離婚案件と迷子探しだけに集中するよう提案しておくよ」

アガサとチャールズはパトカーでアガサの家まで送ってもらった。チャールズは自分の車をとってきた。「家に帰るよ」チャールズは言った。

「もう手助けしてくれないの？」アガサはたずねた。

「お互いに距離を置いた方がいいと思うよ」チャールズの口調は冷たかった。「この数日、あなたのしたことと言えば、わたしに突っかかることだけだった。そうじゃないときは繰り返し繰り返し、警察に質問を浴びせられてほとほと参ってるんだ」閉じ込められたことで、たしかにアガサはいらいらをチャールズにぶつけてしまったが、自分が悪いとはどうしても認めたくなかった。

「いかにもあなたらしいわね」ぴしゃりと言い返した。「とことん利己主義なのよ」

「教えてあげよう」チャールズは言いながら、車に乗りこんだ。「あなたこそ、まさに利己主義の見本だって」

チャールズの車は走り去った。パトカーがその後に続く。アガサは玄関前の階段にぼんやりと立ち、二台の車を見送っていた。それから鍵を開けて中に入った。

どちらの猫も出迎えにやって来なかった。ドリス・シンプソンに電話すると、「わたしが預かっています。うちのスクラブルと遊んでいますよ。すぐに連れていきますね。猫たちをそこに置いておくのはかわいそうだったので。それと、警察が作業を終えたときに、すべてきれいに掃除しておきました」

「ボーナスを出すわね」アガサは言った。「またあとで」

アガサは探偵事務所に電話した。パトリック・マリガンが電話に出た。

「何も心配いらないよ。すべて順調だ。悪い評判ほどいい宣伝になるものはないから、手に余るほど仕事が入ってる。勝手だったが、電話番の女の子を人材派遣会社から雇った。おたくのミス・シムズは調査の名人なんでね。生まれつき才能があるようだ。こっちに来るのかい？」

「猫が戻ってくるのを待っているところなの。一時間ぐらいしたら顔を出すわ」

ドリスが到着すると、アガサはふいに寂しくなり、もう少しいてもらおうとしたが、ドリスはイヴシャムのスーパーで勤務が入っているのでぐずぐずしていられないと言って帰っていった。

アガサはキッチンの床にすわりこみ、猫たちをなでた。それから立ち上がると冷凍庫から魚を取りだして解凍し、二匹のために調理した。二匹が食べ終えると、またなでてやってから、ミルセスターに出発した。

事務所に入っていくと、パトリックがアガサのデスクにすわっていた。自分に比べて、彼の方がいかにも探偵って感じね、とアガサは思わずにいられなかった。

「ランチがまだなの、パトリック。食事をしながら状況を説明して」

パトリックはソーセージとベーコンと卵がいいと言い、アガサは数日間隠れ家でじっとして過ごしたせいで、スカートのウエストが苦しいほどきつくなっていたので、サラダを選んだ。

「おれの調べたところ、このサリヴァンっていうのはIRAで働いていた時代から公安に名前が知られていたらしい。公安は彼があなたを追っていた理由を突き止めようとしている。狙撃がからむ事件と言えば、なんたって、ラガット＝ブラウンの案件だけだろ」

「ラガット＝ブラウンはライアンから改名したのよ」アガサは言った。「どうしてかしら？」

「結婚して奥さんの父親が犬用ビスケットで儲けた金を自分のものにしたかったが、彼女はライアンという名字じゃ、あまり由緒ありそうに聞こえないと思ったんだろう。皮肉な刑事たちはそう推測しているよ。ただし、彼は潔白みたいだな。勤めていた株式仲介会社を辞めたときも、まったく不審な点はなかった。電子機器の輸出入の会社を経営して、あちこちで商品を売っているらしい。ほぼ個人事業だが、もともと電子機器の仕事をしていたしな。おまけに、ケンブリッジ大学では物理学で一番だった。すでに両親はどちらも死亡。ダブリンに住んでいたが、十五のときに一家でイギリスに移住した。母親は主婦、父親は配管工」

「配管工！　お金はそんなになかったはずよ」

「へえ、あなたは配管工というものをよく知らないんだな。大金を稼げるんだぞ」

「ミスター・ラガット＝ブラウンとディナーをとったの。とても魅力的な男性だった」

パトリックは悲しげな目でアガサを見つめた。「また彼に誘われても、事件のことは話題にしないように」

「どうして？　彼は潔白だと言ってたじゃないの」

「それは警察の見解だ。だが、用心するに越したことはない。ハリソン・ピーターソンの死だが、ジギタリスを大量に投与されたらしい。ウオッカではなくコーヒーに仕込まれていた。やつは心臓が弱かったので、それが命取りになったんだ。最初の検死をした病理学者は多忙のせいで本当の死因を見落としてしまった、と弁解している。警察の報告書であきらかに自殺だろうと思い込んだらしい。胃からコーヒーの痕跡が発見された。意識を失ってから、殺人者は彼をベッドに寝かせたんだろう」

「じゃあ、犯人はピーターソンの健康状態を知っていたってことね？」

「そうだ。だから、ちょっと頭を冷やして、ラガット＝ブラウンのことは忘れることだ」

アガサは小さくため息をついた。ジェレミー・ラガット＝ブラウンみたいなハンサムな男性との外出こそ、今のわたしに必要なものなのに、と思った。ふいにパトリックに興味がわいた。彼には奥さんがいるの？　家族は？

六十代で、長身だが猫背、脂じみた髪をしていて、外見にもあまりかまっていないようだ。

「あなたは結婚しているの？」アガサはたずねた。

「以前はね。だが、仕事ばかりしていたので結婚生活は破綻したよ」

「お子さんは？」

「息子と娘がいるが、二人とも結婚して子供もいる。じゃ、あんたがいなかった間の仕事について説明させてくれ」パトリックは新しく請け負った案件について簡潔に語り、ミス・シムズが追っている案件と、サミー・アレンとダグラス・バランタインが担当している案件について説明した。

アガサは自分が不要な存在のような気がしてきた。「わたしも仕事を始めた方がよさそうね」

「二日ばかり休みをとったらどうだ？」パトリックが勧めた。「ただし、ラガット＝ブラウンの案件は事態が落ち着くまで放っておく方がいいよ」

アガサは反論しようとしながら、バッグから鏡を取り出して口紅を塗り直そうとした。唇の上に髭が生えかけていることに気づいて愕然とした。

「そうね、一日だけ」

イヴシャムに車を走らせ、〈ボーモンド美容サロン〉でお気に入りのエステティシャンのドーンというきれいな女性を指名した。口髭が剃られ、眉毛が整えられると、メスを使わないフェイスリフトをしてもらい、一時間半後、生まれ変わったような気分で店を出た。

家に帰って猫たちと遊んでいるときに、電話の伝言を聞いていなかったことに気づいた。

毒殺事件について興奮した口調でたずねてきたロイ・シルバーと、無事かどうか心配なので会えないか、というジェレミー・ラガット＝ブラウンの伝言が録音されていた。

ロイは後回しでいいわ。アガサはジェレミーが教えてくれた携帯電話の番号にかけた。

ジェレミーの感じのいい声が聞こえた。「アガサ！　ディナーでもどうですか？」

「奥さまは？」

「ジェイソンと葬儀社に行ってます。遺体が返されたんです。半時間後に、お迎えに行ってもいいですか？」

「一時間後にしていただけない？　シャワーを浴びたいから」

電話を切ると、階段を飛ぶように上がっていったが、またもや腰に鋭い痛みが走った。たぶんひねったのよ。手早くシャワーを浴び、シンプルな黒のウールドレスを選び、黒いパンプスを合わせた。これに薄手のコートをはおれば、前回みたいにドレスアップしたようには見えないだろう。

その頃、エマはスカボローのパブにすわり、巨大なステーキパイとフライドポテトを無理やり胃袋に詰めこんでいた。あえて体重を増やそうと努力していたのだが、すでに顔が前よりもふっくらしてきたようだったので満足だった。髪をカットしたせいもあり、警察が追っているエマ・コンフリーとはまったくの別人に見えた。

毎日、大量の食事をとるぐらいしかやることがほとんどなかった。あとは潜伏先を替え、遊歩道を歩きながら波を眺めて復讐の計画を立てること。

彼女の憎悪は、こちらをその気にさせておいて裏切ったチャールズ・フレイスに向けられていた。逃亡者の身の上になったのは彼のせいだ。アガサ・レーズンを毒殺しようとした企てには、これっぽっちも罪悪感を覚えていなかった。すべてチャールズがいけないのだ。テレビのニュース番組で自分の写真が映されるのを見たが、国防省時代の古い写真だったから、現在の外見は画面の顔とは似ても似つかなかった。さらに発音も〝庶民的〟に変え、バーミンガムあたりの歌うようなしゃべり方をしていた。

この二日間、エマの名前と写真は新聞から消えている。あと数日もすれば、チャールズに対して練り上げた計画を実行するために南へ向かっても大丈夫だろう。

9

アガサは期待していたほどジェレミーとのディナーを楽しめなかった。チャールズのことがずっと気にかかっていたせいだ。

ロンドンで働いていた時代、友人は一人もいなかった。経営していたPR会社は繁盛していて、自分のエネルギーをすべてそこに注ぎこんでいたからだ。カースリーに引っ越してから、初めてビル・ウォンという友人ができ、それからミセス・ブロクスビーやチャールズとも仲良くなった。罪悪感に胸をしめつけられながら、チャールズの存在を当たり前のように感じていたことに気づいた。彼はやって来ては去っていき、しばしば長期間泊まっていった。だがアガサはチャールズの気持ちよりも、猫たちの幸せの方をずっと気にかけていたのだ。

「事件の進展について話してくれないんですね」ジェレミーが言った。「二度たずねたが、宙を見つめてぼんやりしていましたよ。新聞では報道規制されているようですね。殺害された男があなたのコテージのキッチンで発見されたとだけ書かれていて、身元については一切触れていなかった」

「ごめんなさい、ちょっとぼうっとしてしまって。わたし、本当は奥さんに電話しなくてはならないんです。当分の間、事件は警察と公安に任せておくように指示されているものですから」

「公安に？　どうしてあそこが？」

ジェレミーは笑いかけてきたが、アガサはパトリックの警告を思い出したので嘘をついた。「教えてくれないんです」

「それに、ここ数日どこにいたんですか？　何度か電話したんですよ」

「チャールズといっしょに、あるホテルに泊まってたんです。鑑識の人間がうろついているときに家に帰りたくなくて。それに、しじゅうマスコミがやって来てうるさいでしょ」

「じゃあ、死んだ男が誰なのか知らないんですね？」

「ええ」

「これまで会ったことはないんですか？」からかうような視線を向けてきた。「あなたにふられた男とかでは？」

アガサはにっこりした。「そんなんじゃありません」チャールズったら、今頃どうしているのかしら？　わたし、そんなに失礼な態度をとった？「ちぇ、ルッコラだわ」アガサは皿の上のサラダをつついた。

ジェレミーは驚いたようだった。

「失礼。つい声に出してしゃべってしまって。ルッコラは好きな野菜じゃないんです」

「殺人事件が起きたときパリにいたそうですね。どうして向こうに？」

「休暇が必要だったし、チャールズが旧友のお嬢さんに会いたがったからです」

「何という女性ですか？」

アガサはかすかな不安が胸に広がった。「とうとう会えなかったので名前は知らないんです。いきなり警察に連れていかれて、それで旅はおしまい。ぞっとする殺人事件のことはもうご心配なく。他のことを話しましょ。お葬式にはいらっしゃるおつもりですか？」

「いや。仕事があるので。しばらく留守にするかもしれません」

「奥さんとの関係は順調なんですか？」

「ええ、とても。だけど、すべてカサンドラのためですよ。あの子がよりを戻してほしがっているので。でも名ばかりの結婚ですよ」彼はまたアガサに笑いかけた。「今後は頻繁に会えますよ」

「元妻と暮らしている男性とデートするつもりはありません」

ジェレミーは笑い声をあげた。「でも、今している」

「これはちがいます。あなたはわたしが担当している案件に関わっているから」

「もう担当していないと思ったが」

「申し上げたように、当面はね。それに、あなたはクライアントの元夫です」

彼はアガサの手をとった。「では、それだけなんですか？」

ジェレミーはとびきりハンサムだったし、ここにいないチャールズのことが気になっていなかったら、アガサはその魅力に降参してしまったかもしれない。しかし、アガサはそっと手をひっこめると言った。「今はいちゃつく気分じゃないんです、ジェレミー。この殺人事件や何やかやで、わたし、震えあがっているの。それはおわかりですよね」

「ええ、ええ、もちろんですよ」彼は別のことを話しはじめ、アガサを家に送ってくれた。

アガサは戸口でジェレミーにおやすみを告げた。唇にキスされそうになったが、顔をそむけたので頬へのキスになった。

家に入るとロイに電話することにした。

「怖い目にあったようですね」ロイは言った。「そっちに行ってあげましょうか?」

「ああ、来てくれるの?」アガサの胸は感謝で一杯になった。

「数日有給がたまっているんです。明日、そっちに行きます。十二時半にモートンに着く列車がありますから」

「迎えに行くわ」

それからチャールズに電話した。グスタフが電話に出てきた。「どなたさまですか?」チャールズと話したいと言うと、そう応じた。

「アガサ・レーズンです」

グスタフはすぐさま電話を切り、アガサは腹を立てて受話器をにらみつけた。

背中を向けかけたときに電話が鳴った。受話器をとり、用心深く言った。「もしもし」

「ミセス・ブロクスビーよ。村の人からあなたが戻ったって聞いたから。今、一人なの、それともチャールズがいっしょ?」

「一人きりなの。チャールズはもう帰ったわ」

「泊まる用意をして、そちらに行った方がよさそうね」

アガサはそれはありがたいわ、と答えかけたが、背後で牧師がぶつくさ言う声が聞こえた。「マーガレット、きみはあちこち駆けずり回ってくたくたなんだろう。あのレーズンって女、いい年なんだから、自分の面倒ぐらい見られるよ」

「ちょっと待ってて」ミセス・ブロクスビーは言った。彼女は送話口を手でふさいだが、口論している声がかすかに聞こえてきた。

ミセス・ブロクスビーが電話口に戻ってくるとアガサは急いで言った。「一人でも大丈夫よ。実を言うと、明日、ロイが泊まりに来てくれるの」

「本当に大丈夫？」

「ええ、もちろんよ」


海が見えるという触れ込みの〈シービュー〉という名前のB&Bでは、実は道を百メートルぐらい下らないと海が見えなかったが、きのう、そこの経営者は客の一人について不安を覚えはじめていた。

このミセス・エルダーという女性は上客で現金で支払ってくれていたが、ひとりごとを言うようになったのだ。大声ではなかったが、唇が常に動いていて、目がぎらついていた。経営者のミセス・ブライズは夫を亡くしていたので、残念ながらアドバイスしてくれる男性がそばにいなかった。休暇の季節は終わったので、週末の客が頼りだった。

ミセス・エルダーと名乗っているエマはずっとテレビ室にこもっていた。廊下でミセス・ブライズとすれちがったときも、エマの目は奇妙に光り、唇が動いていた。ミセス・ブライズは心を決めた。「ミセス・エルダー！」彼女はきつい声で呼びかけた。

エマはぎくりとして、相手に視線を向けた。

「急な話で申し訳ないんだけど、あなたの部屋を空けてほしいの」

エマは長い間、ミセス・ブライズを見つめていた。ミセス・ブライズは抗議されるだろうと覚悟していたが、エマはこれぞ、ずっと待っていた前兆だと判断した。そろそろ南に向かう頃合いなのだ。

「お世話になりました」エマは穏やかに応じた。「朝食後に宿を出ます」

ミセス・ブライズは客が階段を上がっていくのを眺めていた。あらまあ、ミセス・エルダーはまったく正常に見えるわ。

夜が明けて、アガサはほっとした。一晩じゅう、何度も目が覚めた。古い茅葺き屋根は厄介なことに、梁がきしみ、いろいろなものが茅葺きの中でガサゴソと音を立てる。夜のあいだに初めて秋風が立ち、前庭のライラックの枝が窓をこすった。

店が開くとすぐに、猫たちのごちそうを買うために出かけた。店には他に数人の客がいて、よそよそしい雰囲気だった。殺人や傷害事件が起きると、アガサは外の世界から暴力を持ちこんだ張本人として、いまだに村人たちから白い目で見られていた。しかし、アガサはあまりにも不安が大きくてピリピリしていたので、その雰囲気にも気づかなかった。猫たちのためにパテとクリームと冷凍の魚を買い、家に帰って二匹に食べさせると、車でミルセスターのオフィスに向かった。走っていく道には、風で木の葉がまき散らされている。アガサがロンドンを恋しく思うのは秋だけだった。都会ではあまり季節を感じることがない。しかし、田舎の秋は何もかもが死にかけているようで、自分の限りある命を実感させられた。

オフィスではパトリックがすべてを仕切っているようだった。アガサはハリソン・ピーターソンの元妻のジョイスをもう一度訪ねてみることにした。ジョイスの新しいパートナーはまちがいなく暴力をふるいそうな男だった。

エマの件が相変わらずアガサの心に重くのしかかっていた。でも、まさかまたやろうとはしないだろう。そうよね？

早朝にたちこめていた秋の霧は晴れ、茶色の耕された畑を白っぽい小さな太陽が照らしている。

アガサはフォス街道を走りながら、ちらちらと速度計に目をやった。最近の警察は覆面パトカーに速度違反取り締まりカメラを搭載するようになったのだ。

シップストン・オン・ストゥーで街道を降り、ジョイス・ピーターソンの家の向かいの駐車場に車を停めた。ひとつだけ空いていた駐車場所にすばやく滑りこみながら、優越感に浸った。すぐ後から来た車はぐるぐる回りながら、どこかが空くのを待っている。

その車には尾行を命じられたベティ・ハウス巡査が乗っているとは、アガサは思いもよらなかった。

アガサは道路を渡ってドアベルを鳴らした。静寂が続いている。もう一度ベルを鳴らした。

ようやくジョイス・ピーターソンがドアを開けた。泣いていたようだった。美しい顔には涙の跡がついていた。

「あなたがどうしているかと思って」アガサは言いかけた。

ジョイスは不安そうに肩越しに振り返った。「今は都合が悪いんです。忙しいの」

いきなりジョイスを押しのけ、マークが玄関口をふさいだ。「おまえか！」嫌悪をこめて吐き捨てた。マークににらみつけられて、アガサは車道の方にあとずさった。マークはアガサを追ってきた。

アガサはコートの下にゆったりしたシルクのブラウスを着ていた。彼はそのブラウスの襟元をつかんでひねりあげ、アガサをコテージの壁に突き飛ばした。

「おれたちを放っておくんだ、このクソババア」マークはわめいた。彼はアガサの頭を嫌な音を立てて壁にたたきつけた。

背後で冷静な声が言った。「すぐに彼女を放しなさい」

ベティ・ハウスは私服だった。

「うせろ」マークはアガサの頭をもう一度たたきつけた。

「そこまでよ」ベティは言った。彼女は身分証をさっと見せた。「マーク・ゴッダム、暴行罪で逮捕します」彼女はマークが凍りついて立っている間に権利を読みあげた。

アガサは目が怒りで赤くなる、という描写を本で読んだことがあり、たんなる文学的表現にすぎないと考えていたが、マークの目はまさに怒りに燃えて赤く見えた。

彼はアガサを放すと、ベティを見下ろした。

「へえ、どうやっておれを連行するんだ？」

マークがつかみかかってくると、ベティは伸張式の警棒を背後からとりだし、それを彼の脚に打ちつけた。マークがくずおれると、両腕を後ろに回して手錠をかけた。

「そこで待っていてください」ベティはアガサに言い、無線で応援を呼んだ。

「この男を暴行で告発しますね？」ベティはアガサにたずねた。

「当然よ」

マークの豹変ぶりは笑えるほどだった。怒りはすっかり消え、うなだれて立っている。

「なあ、うまく話をつけようよ」彼はすがるように言った。「すべて誤解なんだ」

「ジョイスの様子を見てくるわ」アガサは家に入っていった。

ジョイスはソファにすわり、苦痛に顔をゆがめて、体を前後に揺すっていた。

「肋骨を折られたみたい」かすれ声で言った。

アガサは彼女を残してまた外に出ていった。「ジョイス・ピーターソンは救急車が必要だわ」

ベティは無線に話しかけた。「重症なんですか？」アガサにたずねた。

「肋骨を折られたと言ってる」

「救急車が来るまで付き添っていてください」ベティは指示した。「わたしはこのろくでなしをここで見張ってます」

　アガサは室内に戻るとジョイスにたずねた。「お茶を飲みたい？」

　ジョイスは首を振った。「わたしは彼を暴行で告発した。あなたも同じようにした方がいいわよ」アガサは言った。

　外でもみあう音がして、マークが痛みに悲鳴をあげる声がし、ベティが落ち着き払った声で、警官への暴行で告発すると言うのが聞こえてきた。

「ほらね」アガサは言った。「これで暴行罪が二件。あなたも三件目の告発をした方がいいわ」

「彼、刑務所に行くの？」

「もちろんよ」

　ジョイスは途切れ途切れに嗚咽《おえつ》をもらした。「じゃあ、わたしも告発するわ。ブランデーを持ってきてもらえない？　あそこに他のお酒といっしょに置いてあるわ」

　アガサは甘くて熱いお茶の方がいいと思ったが、自分もブランデーを飲みたい気分だった。ふたつのグラスにたっぷり注ぐと、それを運んでいった。

　ジョイスはゴクリと飲んでから身震いした。「男の人のことはとうていわからないわ。彼と出会ったときは神さまの贈り物だと思ったの。とても魅力的で思いやり深かった。いっしょに暮らすようになって、殴る蹴るが始まったの。そのあとで必ず泣いて、許してくれって謝ったけど、数日するとまた同じことを繰り返した」

「今回の暴力は何が引き金だったの？」

「わたしがハリソンの葬儀に行きたいって言ったの。きっかけはそれだけよ」

「あなたはハリソンを好きだったの？」

「しばらくの間は。そのうち頻繁に出張するようになって、ほとんど家にいることがなくなった。刑務所に入ることになってとても腹が立ったので、離婚してきっぱり縁を切ったの。ジェイソンは父親が大好きだったから、絶対にわたしを許さないでしょうね。ラガット＝ブラウン家で婚約パーティーに招待されたときも、マークが行かせまいとしたのよ」

外からサイレンの音が聞こえてきて、パトカーと救急車の両方が到着した。ジョイスは診察を受け、救急車に乗るために連れていかれた。アガサがそれを見ていると、地元新聞に写真を撮られた。シップストン・オン・ストゥールの住人全員が通りにぞろぞろ出てきて見物しているようだった。

マーク・ゴッダムはパトカーに押しこめられた。アガサはビル・ウォンが目の前に立っていることに気づいた。

「ミルセスターまでぼくの車の後について戻ってもらった方がよさそうですね。供述をとらせてください。運転できそうですか？」

アガサは後頭部を触ってみた。すりむけて、ひりひりする。「ちょっとくらくらするわ。あいつ、本気でわたしの頭を壁にたたきつけたのよ。ああ、大変！」アガサは腕時計を見た。「ロイをモートンに迎えに行くことになっているの」

「自分の車は置いて、ぼくといっしょに行った方がよさそうだ。駅に回ってロイを拾いますよ」

アガサに頼みこまれて、パトカーを運転していたビルはサイレンを鳴らしてフォス街道の制限速度を超えて突っ走り、ちょうどロンドン発の列車から乗客がぞろぞろ降りてきたときに駅前に滑りこんだ。

アガサがロイに呼びかけると、彼は興奮で目を輝かせながらパトカーの後部座席に乗り込んできた。

「何があったんですか？」彼はたずねた。

「アガサが暴行を受けたんです」ビルが説明した。「これから警察署に連れていって、供述してもらうんです」

「大丈夫ですか？　誰に襲われたんですか？」
アガサはロイに説明し、それからわっと泣きだした。ビルはティッシュの箱を差しだしながら言った。「医者に診察してもらった方がよさそうですよ、アガサ。これまであなたが泣くのなんて、見たことがありませんから」

エマは田舎のバスを乗り継ぎながら、ウォリックシャーに向かってジグザグに進んでいた。もっとも、新しい服を着て髪は短くカットし、体重を増やしていたので、警官は誰も自分だとわかるまい、と高をくくっていた。
ハンティングナイフを買い、大きなバッグの底に忍ばせた。そこに鋭利な刃が存在していると思うだけで、温かい気持ちになった。ストラットフォード・アポン・エイヴォンで最後のバスを降り、バーフィールド屋敷までの長い道を歩きはじめた。

チャールズはあまり長い間腹を立てていられない質《たち》なので、アガサに会いに戻ろうと考えていた。しかし、地方連合で働いていて寄付集めに訪ねてきた、エレイン・ウイズビックという脚の長いブルネットの女の子に夢中になってしまった。きのうはデイナーに連れだし、今日はまたストラットフォードでランチをいっしょにとる予定だった。

チャールズが到着したとき、すでに彼女はレストランで待っていた。エレインは豊かな茶色の巻毛をしていて、細面で抜けるように肌が白く、口は小さかった。目は残念ながら小さかったが、胸は大きく、脚ときたら見たこともないほど長い。

食事は和気藹々《わきあいあい》と進んだが、エレインは馬がいななくみたいな甲高くて下品な笑い方をしたので、チャールズはそんなにたびたび笑わないでほしいと心の中で祈った。

食事の最後にチャールズが煙草に火をつけると、エレインはいたずらっぽく言った。

「お行儀が悪いわよ」そして、彼の口から煙草をとると、灰皿でもみ消した。

チャールズは恋心まで消えたのでため息をついた。勘定を頼んだとき、今回は本当に財布を忘れてきたことに気づき、途方に暮れた。チャールズはケチだったので、ときどき財布を忘れてきたふりをしたが、今回は支払うつもりでいたのだ。

「本当にごめん、エレイン」彼は言った。「財布を忘れてきちゃったんだ。立て替えてもらえないかな、あとで払うから」

エレインはバーティー・ウースター（P・G・ウッドハウスの小説の主人公）の叔母の一人みたいに、六エーカーの畑と林ふたつと放牧場の向こうまで響き渡るような声で言った。

「あなたのせいでむだにしたのは、このランチだけじゃないわ。アリス・フォーブスはあたしに支払いをさせるって方に賭けたけど、うぶなあたしはこう言ったのよ。『あら、まさか、チャールズは紳士だもの』」

「約束するよ、エレイン……」

「もういい」

エレインは怒りのあまり黙りこくって支払いをし、二人は別々にレストランの外に出た。

チャールズはバーフィールド屋敷に戻りながら、農場の帳簿を見なくてはならない、早く仕事を片付けてしまおうと考えていた。チャールズは玄関ドアを使ったことがなかった。そちらのドアを開けるには大きなヴィクトリア朝時代の鍵を使うからだ。そこで裏口に回ると、ドアが開いているのを発見した。

この件についてグスタフにひとこと注意しておいた方がよさそうだ、とチャールズは思った。きわめて好戦的なハイカーやニューエイジの旅行者がうろついている昨今では、ドアには常に鍵をかけておくべきだ。

一瞬廊下で立ち止まってから、書斎に向かった。だがショックのあまり戸口で凍りついた。年配の叔母が椅子に縛りつけられ、猿ぐつわをされていたのだ。

こちらに向き直ったのは、長いハンティングナイフを手にした女で、最初は誰なのかわからなかった。長身でがっちりした体形で、茶色の短い髪をしている。しかし、女が笑うと、その歯で正体がわかった。

「エマ」チャールズは言った。「叔母に何をしたんだ?」

「あんたを殺しに来たのよ」

「なぜ?」チャールズはありもしない冷静さを装おうとした。

「わたしを裏切ったから」

「どうしてそんな話になるんだ?」

「わたしがストーカーだって警察に話したでしょ。その気にさせたのは、あんたの方だっていうのに。ひざまずいて、許しを請いなさい」ナイフが宙で閃いた。

すっかり頭がおかしくなっているな、とチャールズは思ったが、いつもの愛想のいい軽い口調で応じた。「馬鹿なことはやめろよ、エマ。叔母のひもをほどいてやってくれ。心臓発作を起こしてしまう」

「ひざまずけ!」エマがわめいた。

チャールズはひざまずくと、膝立ちで前に進んだ。「どうか傷つけないでください」

エマはにやっとした。「その方がいいよ」

チャールズはすばやく飛びかかると、彼女の膝をつかんで後ろに押し倒した。ナイフが手から飛んでいった。エマは四つん這いになって、必死に抵抗した。

グスタフが部屋に入ってくると、かがみこんでエマのコートの襟首をつかみ、立ち上がらせた。

エマは泣きだした。それから、思い切り頬をひっぱたいた。グスタフはエマが持ってきたバッグをのぞいてロープを見つけると、それで彼女の手首と足首を縛った。

ハンティングナイフをとりあげると、それで叔母のいましめを切ろうとした。だがチャールズが叫んだ。「それはそのまま置いておけ、グスタフ。証拠が必要だ」

グスタフはうなずき、部屋を出てキッチンばさみを持って戻ってくると、叔母のミセス・タッシーの救出にとりかかった。しゃべれるようになると、ミセス・タッシーは言った。「なんて恐ろしい女なの。グスタフ、警察を呼びなさい」

「すでに呼びました」グスタフはチャールズがあわただしく電話でしゃべっている方にうなずきかけた。

エマは床にころがり胎児のように体を丸めていた。そして体を揺すりながら、何かつぶやいている。

チャールズはパトカーのサイレンが聞こえてくると、心からほっとした。エマが権利を読みあげられて連行されると、さらに安堵した。年配の叔母の回復力には驚くばかりで、大きなグラスでジントニックを飲みながら供述をしている。エマは屋敷を訪ねてくると、ミセス・タッシーの顔の前でナイフをちらつかせ、無理やり書斎に連れていって縛り上げ、猿ぐつわをしたのだった。

ようやく供述が終わった。ミセス・タッシーは心を落ち着かせるために庭仕事をすると言い、チャールズはそろそろ帳簿を見ようと考えた。電話が鳴った。グスタフが出た。

「ミス・ウィズビックからです」

「出た方がよさそうだな」チャールズはうめいた。「もしもし、エレイン。ぞっとするできごとが起きたんだ」彼はエマに襲われたことを報告した。

「まあ、わくわくする事件だこと。ねえ、本当に財布を忘れたの？」

「そうとも、神さま、仏さまにかけて真実だ」

「それなら穴埋めをしてちょうだい。〈コルドン・ブルー〉っていう新しいフレンチレストランがブロードウエイにできたの。明日の夜、ディナーに連れていってくださる？　とてもお高い店だけど」

「ああ、いいとも。八時でいいかな？」

「大丈夫。じゃ、そのときに」

今、アガサのコテージの玄関前には警官が見張りに立っていた。ビル・ウォンは以前にも彼女の警護を提案したのだが、アガサの手柄にミルセスター警察署はかなりご立腹で、その提案を却下したのだった。何者かが本気でアガサを消したがっているのだ、とビルは考えていた。ベティ・ハウス巡査はアガサの保護ではなく尾行を命じられたが、結局、こういう成り行きになったのだ。

アガサは後頭部に大きなこぶができたが、皮膚は切れていなかった。

アガサのコテージのドアの外で警備しているダレン・ボイド巡査は、とてもハンサムな青年だった。最初は退屈な仕事だと嫌がっていたが、今では村の女性たちがお茶やケーキやほかほかのソーセージロールを差し入れてくれるので有頂天になっていた。ある女性はこれにすわってね、とガーデンチェアを持ってきたし、別の女性は小さなテーブルを運んできた。本や雑誌を持ってきてくれた人もいた。というわけで、彼は日差しの中にすわり、心地のいい午後を過ごしていたので、交替の警官がやって来たときはがっかりしたほどだ。

アガサは警察がいるせいでマスコミが近づいてこないのでうれしかった。最初のうちは、ただの暴力行為で、どうしてこんなにたくさんの記者が押しかけてきたのか理解できなかった。夕方のニュースをつけて、エマがチャールズの命を狙おうとしたと知って、大騒ぎの理由を悟った。アガサの名前はこれまでの事件でチャールズといっしょに報道されてきたし、エマはアガサの毒殺を試みていたからだ。

アガサはチャールズに電話したが、グスタフは電話を切った。

「ふざけないで」アガサは憤慨した。「あの男はクビにするべきよ」

「向こうに行ってみましょう」ロイが提案した。

「むだよ。グスタフが玄関に出てきて、鼻先でピシャリとドアを閉められるのがオチね。それに、向こうには記者連中がうようよしているでしょう」

アガサの携帯電話が鳴った。「出た方がよさそうね。新聞社はこの番号を知らないはずだから」

「名刺に書いてありましたよ」ロイが指摘した。

それでもアガサは携帯電話に出た。「アガサ」深みのある温かい声が言った。「わたしだ、ジェレミーだ。たった今、ニュースで、あなたの下で働いていた女性が逮捕されたことを知ってね」

「わたし、今ニュースで知ったところなんです。ほっとしたわ。お元気ですか？」

「ああ、まあまあだ。ロンドンまで通勤しているので、少し疲れてきてますよ。向こうに小さな部屋を借りて、週末だけこっちに滞在しようかと考えているところなんです。ジェイソンがお父さんの死を嘆いているものだから、わが家は雰囲気がかなり暗くてね。明日の夜でも、ディナーをどうかな？」

「お客様が泊まっているんです。ロイ・シルバーっていうかつてわたしの会社で働いていた人」しばし沈黙が続いてから、ジェレミーは言った。「彼も連れてきたらいい。楽しい人なんでしょう？」

「ええ、とても」

「そういう人が今のわたしには必要なんだ。ではお二人とも八時に店で」

「向こうは恋愛感情はないようですね」アガサが明日のディナーのことを話すと、ロイは言った。「あるいは、ぼくのことは招待するつもりがないのかも。彼はあなたから情報を引き出したがっているんですよ」

「そんなわけないでしょ。警察は彼のことを徹底的に調べたのよ。鉄壁のアリバイがあるの。それに、わたしにキスしようとしたわ」

「さて、どうなりますか」

10

ロイ・シルバーはお堅いクライアントの相手をするとき以外には、まっとうな服装をしたためしがない。そのことをアガサはすっかり忘れていた。だから、外出するためにリビングに現れたロイが、白黒のボーダーTシャツにぴっちりした黒いズボンをはき、襟元に赤いスカーフを結んでいるのを見て、アガサはぎょっとした。

「その格好で行くつもり？」アガサはたずねた。

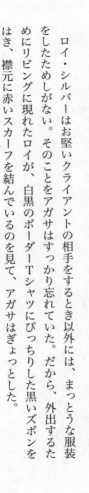

「どこか問題でも？　フレンチレストランに行くというから、フランス人っぽい服装にしたんですけど」

「それじゃあ、漫画本のフランス人でしょ。チャイニーズ・レストランに行くときは何を着るの？　弁髪に笠をかぶる？　ああ、もういいわ、遅れちゃう」

「そのレストランの食事はおいしいんですか？」ロイは助手席に滑りこみながら言った。さっきの服の上に長い黒いコートをはおっていた。よくこれだけの服を旅行鞄に詰められたわね、とアガサは不思議だった。

「あまりおいしくないわね」と答えてクラッチをつないだ。「鴨はやめておいた方がいいわよ。ゴムみたいだから。それからサラダは注文しないで。ほとんどルッコラなの」

「ルッコラは好物です」

「じゃあ、大丈夫ね。あらゆるものに添えられているから」

「ずいぶんおしゃれしてますね。そのドレスの襟元がもう少し深かったら、公然猥褻で警察に逮捕されますよ」

「わたしはどこから見てもちゃんとしているわ」アガサは反論したが、車から降りる前に襟元を少し引っ張り上げた。

すでにジェレミーは着いていた。ロイを見るとおかしそうに唇をひくつかせた。アガサはすわったとたん、チャールズと茶色の豊かな巻毛をした女の子が向こう側のテーブルにすわっていることに気づいた。

「驚いた」チャールズは言った。「アガサだ」

「アガサって誰？」エレインがたずねた。「胸をあらわにしている、あのおばさん？」

「彼女はわたしよりもたいして年上じゃないよ」チャールズはかばうように言った。

「向こうに行って挨拶してこよう」

「どうしても?」

「ちょっとだけ」

二人はアガサの席に来て、チャールズがエレインを紹介をした。アガサはジェレミーを紹介した。「ずっとどこに行ってたの、チャールズ?」エレインにとってはやけに所有者然としていてむかつく口調で、アガサはたずねた。

エレインはチャールズに腕をからませた。「あたしのせいで、彼は忙しかったの」

それから馬のいななきのような大きな笑い声をあげたので、チャールズは顔をしかめた。

「明日、そっちに行くよ」チャールズは答えた。「そのときに打ち合わせをしよう。オフィスにいるかな?」

「ええ、九時から」

「じゃ、そのときに。失礼、ジェレミー。会えてよかった」そして、チャールズは早口のフランス語で何か言った。

ジェレミーはにっこりしてうなずいた。

「彼、何を言ったんですか?」アガサはたずねた。

「わかるもんか。彼のフランス語はひどかったからね。さて、何を食べたいかな？」

ロイは食べ物の味がわからなかったので、雰囲気がいいからという理由だけで食事を楽しんだ。キャンドルの光、慇懃《いんぎん》なウェイター、高い値段。

ジェレミーは事件を引きつづき調べているのか、警察は死んだ男の身元を突き止めたのか、とアガサにたずねた。アガサは嘘をつき、知らないと言い、また別の質問をされると嘘をついた。しかし、マーク・ゴッダムの逮捕については話した。朝刊に出ると知っていたからだ。それから、思わずこうつけ加えた。「実は事件のことは話せないの、ジェレミー。警察に話さないようにと言われているから。でも、これだけは言える、わたしは事件の真相に近づいているって」

ロイはロンドンの仕事についてしゃべり、いくつかの滑稽な逸話を披露した。ときどきエレインの馬のいななきのような笑い声が離れたテーブルの方から聞こえてきた。「彼女の声を聞きましたか？　何を食べているのかな？　オート麦？」ロイがふざけた。

アガサはテーブルから立ち上がるときに、また腰に痛みを感じた。ふいに年を感じた。エレインはひどい笑い方をするかもしれないが、若かった。チャールズがエレインと結婚したらどうなるだろう？　もっと年をとって、数少ない友人が去っていったらどうなるのだろう？

レストランの外でジェレミーはロイに言った。「きみはアガサのことをよく知っているようだね」

ロイは得意そうだった。「ぼくたちはとても親密なんですよ」

ジェレミーは笑った。「おやおや、アガサ、その目を奪われるドレスはてっきりわたしだけのためかと思っていましたよ」

「ロイはただの友だちよ」アガサはぴしゃりと言った。彼女は腹を立てていた。ジェレミーと元妻との関係がうまくいかなければ？　彼は離婚しているんだからつきあえるわ。

「何であんなことを言ったの、ロイ？」アガサは車を発進させながらとがめた。「わたしたちが深い関係だって匂わせて」

「あなたのことを守っただけですよ。彼のことは気にくわなかったし、別れた奥さんとやり直そうとしていると言ってたじゃないですか。だから、あなたに迫るってどういうつもりなのかな？」

「彼はたんに情報がほしいだけだって言ってたくせに」

「訂正します。彼のあなたを見る目つきときたら！　まるでオオカミですよ！」

アガサは胸の奥に小さな明かりが灯るのを感じた。

「それに、どうして事件の真相に近づいているって言ったんですか？　彼はあなたを魅力的だと思っているかもしれないが、本当に悪人だったら、また迫られますよ。それに、車がつけてきている。カースリーを出発したときもいたし、また後ろにいます」

「たぶんジョイス・ピーターソンの家までつけてきた女性巡査よ。警察はわたしに目を光らせているの」

二人はアガサのコテージの外で勤務についていた警官におやすみと言った。

「いつまで警備を続けるんでしょうね？」ロイがたずねた。

アガサはため息をついた。「もうすぐ終わるでしょ。政府が村の警察署をすべて閉鎖してから、ミルセスター警察はこなしきれないほどの仕事を抱えているから。もう引退したけど、村の巡査のフレッド・グリッグズがいた頃はよかったわ。犯罪は田舎にまでどんどん広がってきているのよ。農場では夜間にコンバインを畑に出したままにしないって知ってた？　ある農場で、コンバインが丸ごと盗まれたの。分解して運び去られたんですって。最近、新聞はそういう窃盗の記事ばかりよ。たぶん、ブルガリアかどこかに運ばれたのね。伝言がないか電話をチェックしなくちゃ。あら、ロイ、あなた宛の伝言があったわ。ロンドンに戻ってきてほしいって」

「ちくしょう。すまない、アガサ。朝の列車で帰った方がよさそうだ。こんなふうに一人で残していきたくないけれど」

「大丈夫よ。明日、チャールズがまた来るから」

翌朝、チャールズは目覚めると、熱があり、喉が痛く、全身が鉛のように重かった。

「ひどい風邪をひいたみたいだ」グスタフに言った。「ミセス・レーズンのオフィスに電話して、今日は行けないって伝えてくれ」

グスタフはアガサに電話したくなかった。彼女のことは気に入らなかったのだ。不愉快な押しの強い女だと考えていた。チャールズが彼女を魅力的だと思っていることは知っていたので、いつか、アガサがバーフィールド屋敷の女主人にならないことを祈っていた。とはいえ、電話しなかったら、チャールズに叱責されるだろう。

そこで妥協して、探偵事務所の電話に出た秘書に、そっけない伝言を残すことにした。「サー・チャールズはミセス・レーズンに会う気分ではございません」

その伝言を聞いたアガサはかんかんになった。秘書がサー・チャールズ本人と話したのだと思いこんでいた。

それからビル・ウォンが警察の警備を終了すると連絡してきた。いや、捜査はあまり進展していませんが、いくつかの手がかりを追っている、とビルは言った。

その電話を切ってから、アガサはミセス・ラガット＝ブラウンを訪ねることにした。すべてはあの荘園屋敷から始まったのだ。あといくつか質問したら、何か閃くかもしれない。ジェイソンは父親の友人について未来の義母に話したかもしれない。

アガサがヘリス・カム・マグナへと出発したとき、突風が大空の雲を吹き散らしていた。

キャサリン・ラガット＝ブラウンがドアを開けた。「まあ、あなただったの」あわてたように言った。「電話しようと思っていたところよ。どうぞ」

二人ともすわると、キャサリンはそわそわとたずねた。「何かお持ちしましょうか？お茶は？　コーヒー？」

「いえ、けっこうです。何について電話するおつもりだったんですか？」

「もうあなたの調査は必要ないわ。すべて警察に任せることに決めたの。ジェレミーが指摘したように、あなたにはない情報源があるし」

「だけど、ゆうべディナーの席では、そんなこと何も言ってなかったわ！」

キャサリンは目を丸くした。「ゆうべ、ジェレミーとディナーをとったのね！　仕事関係の友人と会うって言ってたのに」

「わたしは仕事関係の友人と言えると思いますけど」アガサは言った。

キャサリンは立ち上がった。「請求書を送ってちょうだい。もうあなたには会いたくない」

「だけど、誰がお嬢さんを狙撃したのか知りたくないんですか？」

「申し上げたでしょ、警察で捜査できるって。もう帰って！　それから主人には近づかないで」

「ご主人じゃないでしょ。離婚したんですから」

「来月また結婚する予定なの。彼、そのこと言わなかった？」


憤慨しながらアガサは車を走らせていた。あのラガット゠ブラウンときたら、いっしょに食事をしておきながら契約を解除することをひとことも言わないって、なんて陰険なの？　ロンドンまで彼に会いに行くことにした。車を停めて、列車の時刻表を調べる。十五分後にモートンを出発する列車がある。車を飛ばして、出発しかけていた列車にどうにか乗りこんだ。

パディントン駅からタクシーでフェッター・レーンまで行き、ジェレミーの輸出入会社を探しはじめた。パトリックに電話して言った。「ラガット＝ブラウンの会社があるフェッター・レーンの番地を控えている？」

パトリックは教えてくれた。アガサは歩いていき、さっき通り過ぎた暗い戸口を見た。〈アステリックス輸出入会社〉狭くてほこりっぽい階段を最上階まで上がっていった。そこには曇りガラスのドアがあり〝アステリックス〟と金文字で記されていた。

ノックをしたが、返事はなかった。

一階下りると、ドアに〈キューティー誌〉という表示が出ていた。

ドアを開けて中に入っていった。ジェルで固めた髪にゴスメイクの受付嬢が、アガサを無関心に眺めた。

「上の輸出入の会社について訊きたいんですけど」アガサは言った。「誰もいないみたいだけど」

「めったにいないよ」女の子はぶっきらぼうに答えた。「秘書がいたけど、ずっと見てないね」

「どんな外見の女性？」

「きどった子。やたら大げさなしゃべり方でさ。髪はブロンド。だけど、最近は誰も彼もブロンドだもんね。ダサイったらない」そう言って、自分の黒髪を満足そうになでた。

アガサはお礼を言って階段を下りた。さらに下の弁護士事務所も訪ねた。そこの秘書は〈アステリックス〉ではもう誰も働いていないと思うと言った。「一年前はすごく人の出入りが多かったんです。訪問客がたくさんいて。だけど、最近はまったく見かけないわ」

アガサはさらに一階のサンドウィッチ店を訪ねたが、店を経営しているギリシャ人は忙しくて自分の店の客以外には気づかなかったという返事だった。

ジェレミーに会いたかった。やさしく微笑んで、契約解除だなんて考えていない、すべてキャサリンのアイディアだと言ってほしかった。ジェレミーにちょっぴり恋をしていたのかもしれない。通りの向かいに移動すると、彼がやって来るかどうか見張ることにした。やがて腕時計を見て、五時の通勤電車に乗れば彼もいるかもしれないと思いついた。

パディントン駅に行った。しかし、グレート・ウエスタン鉄道のとても長い列車に乗っても、彼の姿は見当たらなかった。

チャールズはとぎれとぎれに眠り続け、夜には、もう充分に寝たから少し起きてもいいだろうという気になった。

グスタフはやさしく書斎の肘掛け椅子にすわらせてくれ、ブランデーを注いでくれた。

「ウズラのローストの軽いお食事をご用意しました」グスタフは言った。「何か召し上がった方がよろしいですよ。医者を呼ばなくても本当に大丈夫ですか？」

「ああ、ただのひどい風邪だよ。アガサから電話はなかったかい？」

「ミセス・レーズンから連絡はございません」

冷たいな、とチャールズは不機嫌になった。お見舞いの花ぐらい送ってくれてもいいのに。


アガサが家に帰ってくると、ビル・ウォンが外で待っていた。

「警戒しないでください。これは社交上の訪問ですから」

「入って」アガサは言った。「長いこと、ちゃんと話をしていなかったわね」

ビルはアガサのあとからキッチンに入ってきた。

「ダイニングルームは全然使わないんですね」

「この事件が解決したら、ディナーパーティーを開くわ。あなたも彼女を連れて来てちょうだい」

「今は彼女がいないんです。仕事がどんどん増えてきて、デートの約束をしても、いつもキャンセルしなくちゃならなくて」

「コーヒーでいい？」

「今、エマは拘置所に入っているので安全だと思いますが、裁判にはならないでしょう。本当におかしくなってますから。どうにか筋の通った話を聞きだそうとしたんですけど、マリガンを雇ってあなたを殺そうとした、とか言いだす始末で。それから、ひっきりなしにひとりごとを言ってるんです。だけど、もちろん上層部は彼女の話を信じて、事件を終わらせたがっている。そうすれば、あとは荘園屋敷の狙撃事件だけですから」

「今日、ジェレミー・ラガット＝ブラウンのオフィスに行ってきたの」電気ケトルのプラグを差しこみながら言った。「ああ、ビスケットがあったわ」そして、ビルの表情を見て、つけ加えた。「いえ、わたしじゃなくて、ドリスが焼いてくれたの」

「あのイケメンの巡査、ダレン・ボイド巡査は、昼間、あなたのコテージを警備していたんですが、呼び戻されてがっかりしてましたよ。あんなにやさしくされたことは生まれて初めてだって。ジェレミー・ラガット＝ブラウンのオフィスでは何も発見されなかったんでしょう？」

「どうしてそう思うの？」

「彼はビジネスを手じまいしたんです。早期退職したんですよ」

「そんなにお金に余裕があるの？」

「まあ、元妻が大金を持ってますし、再婚するつもりでいますから」

「彼のことは魅力的な男性だと思っていた。でも、今はろくでなしだと思っているわ」

「確かに。だけど、娘を溺愛しているろくでなしですよ」

「それと、裏に何も怪しいことはなかったの？」

「ええ。輸出入ビジネスについては徹底的に調べたし、クライアントにも話を聞きました。彼の言葉どおりの人間でしたよ」

「キャサリン・ラガット＝ブラウンはわたしとの契約を解除したの。だけど、ゆうべジェレミーとディナーをとったんだけど、それについて何も言ってなかったのよ」

「えっ、彼とデートしていたんですか？」

「いいえ、ロイもいっしょだった。彼はわたしたちが知っていることを聞きたがったけど、キッチンで死んでいたのがサリヴァンっていう男だったことは黙っているように言われていたから、何も洩らさなかったわ。ハリソン・ピーターソンの背景は?」

「まだ調べているところです。刑務所で誰と親しくなったのかとか」

「何かわかったら教えてね」アガサはコーヒーのカップふたつと、ビスケットの皿をテーブルに並べた。

「話しちゃいけないことになっているんです」ホッジがビルのズボンの脚をよじのぼって膝で丸くなった。

「おかしいわね、猫たちはあなたのことを大好きみたい。ご両親はお元気?」

「母は腰の関節炎がひどくなってしまって。前からずっと痛みがあったんですが、レントゲンを撮りたがらなかったんです。そうしたら、腰の手術をしなくてはならないほど悪化してたみたいで」

アガサの腰に鋭い痛みが走った。関節炎のはずがないわ。老人がかかる病気だもの。

ビルはコーヒーを飲み、ビスケットを二枚食べると、こう言い置いて帰っていった。

「気をつけてください。ねえ、アガサ、はっきり言って仕事は離婚案件と行方不明の犬と猫だけにしておいてくださいよ。ラガット=ブラウンの事件からはもうはずれたんですから、首を突っ込まないようにね」

アガサは電子レンジ調理のラザニアを夕食に食べた。調理時間が長すぎたので、ラザニアがプラスチックトレイの側面に貼りついてしまったが、できるだけこそげ落とした。猫たちには魚をゆでてあげることにして、魚を調理したあとはガスコンロを消し、二階に上がった。

寝室の窓を開けて、熱いお風呂にゆっくりと浸かり、ベッドに入った。

アガサはぎくりとして目覚めた。頭上の茅葺き屋根からガリガリひっかく音とアオーンアオーンと鳴く声がする。ベッドから飛び出し、寝室の窓を大きく開けて身を乗りだした。猫たちは屋根の上にいた。姿は見えなかったが、鳴き声でわかった。

アガサが頭をひっこめ、ベッドサイドの明かりをつけようとしたとき、ガスの臭いに気づいた。北海ガスは以前の石炭ガスほど強烈な臭いはしないが、それでもガスの臭いだということはわかった。できるだけ息をしないようにしながら、急いでキッチンに行った。

魚の鍋をかけたガスのつまみが目一杯ひねられている。ガスを消し、キッチンのドアを開け、胸一杯に新鮮な空気を吸いこんだ。

そのときだ、キッチンのドアを開けたとき、防犯アラームが鳴らなかったことに気づいた。

しかし、アガサの頭の中では猫たちを救出することが優先事項だった。

庭の隅の物置小屋から伸張式の梯子《はしご》をとりだすと、茅葺き屋根に立てかけて上っていった。

アガサが猫たちに呼びかけると、用心深く近づいてきた。どうにかホッジを抱きかかえ、ボズウェルは彼女の肩に飛び乗った。アガサは猫といっしょに梯子をゆっくりと下りて、芝生にへたりこんだ。気分が悪くなって、頭を両手で抱えた。

しばらくすると家に入っていき、玄関ドアとすべての窓を開けてから、警察に電話した。

ベティ・ハウス巡査といっしょにボイド巡査がやって来た。二人とも、最初のうちはアガサがたんにガスを消し忘れたのだと考えていた。

「自動では点火しないの」アガサは言った。「点火するにはそこのボタンを押さなくちゃいけない。それに、どうして防犯アラームがセットされていなかったの？」

ボイドは薄い手袋をはめ、防犯アラームのメインボックスの蓋を開けた。

「スイッチが切られています」肩越しに言った。「自分で切らなかったのは確かですか？」

「絶対に切ってないわ」

「切っていないのなら、今夜家に入ったとき、暗証番号を打ちこむ前にアラーム音が鳴ったはずですね」

「考えてみれば鳴らなかったわ。ビル・ウォンがいっしょだったから、彼と話していて気づかなかった」

「それはビル・ウォン部長刑事のことですか？」

「ええ、わたしたち、友だちなの」

「他にあなたの家の鍵を持っているのは？」

「ドリス・シンプソンだけよ」

「彼女の電話番号を教えてください」

アガサが教えると、ボイドはドリスに電話した。ボイドの会話が聞こえてくると、アガサは暗い気持ちになった。「どういう修理屋ですか？　どんな外見でしたか？　身分証を見せましたか？　手近に鍵を置きっぱなしにしましたか？　その男を一人にしましたか？」

ベティ・ハウスがコントロール・ボックスの上からマニュアルを下ろした。「これは何ですか？」鋭くたずねて、マニュアルの上部に書かれた〝５９３６〟という数字を指さした。

「暗証番号なの」アガサは消え入りそうな声でつぶやいた。「いつも忘れてばかりだから、書き留めておいたのよ」

ボイドはドリスとの電話を切った。「防犯アラームを設置した警備会社の人間だと名乗る男が、ミセス・シンプソンがここにいるときにやって来たそうです。身分証らしきものをちらっと見せたので、彼女は男を中に入れた。それから掃除用具を買うためにいくつかの店に行かなくてはならなかったので、鍵をテーブルに置いたまま出かけた。合い鍵を作る時間は充分にあったでしょう。男は防犯アラームのスイッチを切っておいたんです。それからあなたが寝たのを見計らって戻ってきて、家に入った。だけど、不思議なのは、防犯アラームが切られていることにあなたが気づいた可能性があったことです。再セットされていたら、自分が中に入るときに響く短いアラーム音で、あなたが目を覚まさないとも限らない。すぐにスイッチを切る暗証番号は知らなかったはずですから」

「いいえ、知ってたのよ」ベティが言って、暗証番号が書かれたマニュアルを見せた。

「なんて無知な。あなたのことですよ」ボイドは苦々しく言った。「ということは、事故死に見せかけようとしたんです。家じゅうにガスが充満していた。明かりをつけたら、ボン。あなたはあの世行きだった。さて、鑑識班が来るまでキッチンから出ていただかなくてはなりません。というか、今夜は誰かの家に泊まった方がいいですよ」

アガサは必死に選択肢を考えた。「牧師の奥さんのミセス・ブロクスビーに電話してもいいけど、真夜中だし、ご主人がかんかんになるわ。ホテルに泊まることならできる。でも猫たちは連れていけないし、ここに残しておきたくないわ。ああ、そうだ、ドリスのところに寄って猫を預け、世話をお願いしてから、どこかのホテルに泊まればいいわね」

「どこのホテルか知らせてください」

「ボートン・オン・ザ・ウォーター郊外に〈コッツウォルズ〉っていう大きなホテルがあるわ」

「すぐに電話してください」

そこでアガサは電話して、部屋を予約すると、二階に行って服を着て、荷物を詰めた。それから猫たちを大きな猫キャリーに入れると、ドリス・シンプソンの家に寄った。ドリスはまだ起きていて、詫びの言葉を並べた。「本当に、おどおどした外見の小男だったんです。怪しい人物だなんて、これっぽっちも考えませんでした。もちろん猫たちの世話はします」

アガサは呆然としながら、ボートン・オン・ザ・ウォーターの方へ走りはじめた。どうしてこんな危険な目にあったのだろう？　たいして知っていることなんてないし、彼女の知っていることは警察が知っていることに比べたら、圧倒的に少ない。ホテルの部屋でわずかな手荷物をとりだし、服を脱ぐと、ベッドにもぐりこんだ。暖房が入っているのに、震えていた。誰だか知らないが、連中はあきらめるつもりがないのだ、と悟った。唯一の解決策は国を出て、長い休暇をとり、アガサはいなくなったから、単数または複数の殺人者にとって、もはや脅威にはならないと知らせることだけだ。

浅い眠りに落ちた。朝になって目が覚め、いくつもの夢を思い返していると、まるでシェイクスピア劇の中で一夜を過ごしたかのような気分になった。その劇では、第一の殺人者と第二の殺人者が舞台袖に控えていた。

ミセス・ブロクスビーに会って慰めの言葉をかけてもらいたかったが、まず自分のコテージに向かった。鑑識班がまるでSF小説から抜け出てきた登場人物みたいに、白いフードつきの作業着と手袋をつけ、靴に白い袋までかぶせて外で作業をしていた。

アガサのお気に入りのテレビ番組のひとつは《CSI：科学捜査班》だった。だが、この光景を見ると、アメリカの鑑識班は本当にあんなふうに、普段着のまま現場を踏み荒らし、そこらじゅうに自分の髪の毛やDNAをまきちらしながら捜査しているんだろうか、と疑問に感じた。

車を停めて、牧師館まで歩いていった。

ミセス・ブロクスビーはアガサを中に入れると、お天気がいいから庭にすわりましょう、そこなら煙草も吸えるから、と言った。牧師の夫の文句を考慮してのことだ。「あのいまいましい女と煙草は家に入れるんじゃない」というのが口癖だった。

「また鑑識班があなたのコテージに来ているそうね。何があったの？」

そこでアガサは洗いざらい話した。話し終えると、ミセス・ブロクスビーは言った。「ビル・ウォンなら防犯アラームのスイッチが入っていないことに気づきそうなものだけど」

「そうする理由がないもの」アガサはため息をついた。「わたしは他人の家の防犯アラームなんて気にかけたことがないわ。彼だってそうじゃない？」

「これからどうするつもりなの？」

「わからない。頭が働かないの。だけど、誰がこの事件の背後にいるにしても、手を引くつもりはない気がする。何度も思い返しているんだけど、たぶん、誰かを怯えさせるような何かをわたしは知っているのよ。それが何だかわかりさえすればいいんだけど。首がガチガチに凝ってるし、ちくしょう、気分は最低よ。ごめんなさい、あなたの嫌いな汚い言葉遣いをして」

「わたしが牧師の妻だから？　ナンセンスよ。毎日、もっとひどい言葉を耳にしているわ。それに、どのアメリカのアクション映画でも、必ず出てくるって知ってた？黒人と白人の二人組が爆発するビルに飛びこんでいきながら叫ぶの、『うわ、ちくしょう！』って。マッサージに行くといいわよ。リチャード・ラズダールっていうすばらしく腕のいい人がストウにいるの。リラックスできるマッサージをしてくれるわよ。よかったら電話してみるけど」

「いい考えね。何もしていないのに、首が痛いの《ア・ペイン・イン・ザ・ネック》。まさに警察はわたしのことを目の上のたんこぶ《ア・ペイン・イン・ザ・ネック》だと考えているんでしょうけど。ああ、たぶんホテルに電話してきて、警察署に出頭し、供述をするようにって言われるわ」

「まずリチャードのところに行ったらいかが？　少しはましな気分になるわよ」

ミセス・ブロクスビーは電話をかけるために牧師館に入っていった。アガサはふと、遅咲きのバラが咲いている、この気持ちのいい庭にずっといられればいいのにと思った。外の世界は醜くて恐ろしい場所だった。

牧師の妻が戻ってきた。「三十分後に予約を入れてくれるそうよ。今すぐ出発すれば、余裕で着くわ。ただし駐車場所が見つかればだけど」

「場所はどこ？」

「市場の十字標（中世に市場に建てられた石造りの建物）で駐車できれば、教会に行くときみたいにロイド銀行の前を通り過ぎて歩いていって。〈ハニー・ポット〉っていうお菓子屋さんがあるわ。その中よ」

「お菓子屋さんの中！」

「二階で仕事をしているの。奥さんのリンが出迎えてくれるわよ。とてもきれいな人。すてきなご家族なの」


ストウ・オン・ザ・ウォルドに出発したとき、太陽が隠れ、アガサの気分と同じように空も曇ってきた。十字標のそばの駐車場では、何台もの車が隠れ家を探してうろついている金属の動物さながら、ぐるぐる回っていた。一人の女性がバックでスペースに入ろうとしているのを見て、先を越して頭から突っ込んだ。

窓を閉め、いらだった女性ドライバーの怒声を消すためにしばらくラジオをかけた。それから車を降りたが、体がこわばっていて急に年老いて弱ったように感じた。

アガサは〈ハニー・ポット〉まで歩き、中に入っていった。

11

アガサはドアのすぐ内側に立ち、あたりを見回した。小さな店には金色の光が射しこんでいる。ガラス棚にはおいしそうなチョコレート、別の棚にはコッツウォルズ・ファッジの小袋、ビスケットの箱、おもちゃ。さらに女の子用の小さな〝妖精〟のドレスもあった。まるで蜘蛛の巣で作られたように見える魔法の服だった。それに靴！　小さなキラキラしたスパンコールをちりばめた靴。ドロシーが『オズの魔法使い』で履いていたような靴だ。

　両親にとても愛情をかけられ、甘やかされ、かわいい、かわいいとちやほやされ、こういう美しいドレスを買ってもらえる女の子だったら、どんな気分がしただろう？

「ミセス・レーズンですか？」

　アガサは小さなカウンターの向こうに立つ女性に視線を向けた。

「リン・ラズダールです。リチャードの施術にいらしたんですよね？」

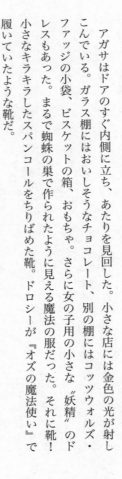

「ええ」アガサは答えた。「この店は『ハリー・ポッター』から抜け出てきたみたいね」

「ミセス・レーズン！」

長身で彫りの深いハンサムな男性が店の奥に現れた。

「リチャードです」

「こんにちは」アガサは言った。「どこに行けばいいのかしら？」

「階段を上がるとマッサージ台があります」リチャードが言った。「左手の最初のドアです。パンティ以外はすべて脱いで、タオルを体にかけて待っていてください」

アガサは二階に行き、中央にマッサージ台がすえられた大きなバスルームに入った。低く音楽がかかり、フレグランスキャンドルがサイドボードの上で燃えている。

服を脱いでシンプルな白いパンティだけになった。マッサージ台に上がり、大きなバスタオルを体にかける。

「台に乗りましたか？」リチャードがドアの外からたずねた。

「ええ」

マッサージは足先から始まった。アガサは台に横たわり、リチャードがボスニアでの仕事について話す間、そわそわしていた。〈癒やしの手協会〉の仕事の一環で、虐待され、レイプされた不幸な女性たちに施術したそうだ。

「取り組んでいる事件のことで、とてもストレスがたまっているの」アガサは言った。「私立探偵をしているのよ。熱波が始まった時期にパリに滞在していたときから、すべては始まったような気がするわ」

「そう聞いています。夏の終わりに、フランス人女性が来ましたよ。アルコール依存症からの回復途上でした。レユニオンとかいう向こうでのＡＡの会合にほとんど行けなかったと言ってました」

しだいにアガサはリラックスしてきた。うつぶせになるとリチャードは背中にとりかかり、アガサは凝りがみるみる消えていくのを感じた。冷静になり、安らぎを感じた。頭の中を事件の断片が漂っては消えていく。パリ。フィリス・ヘッパーにばったり会って、断酒したハンサムな飲んだくれについて聞いたこと。会合！　ジェレミー・ラガット＝ブラウンは会合に行くとホテルのフロントに伝えた。友人に会うとかではなく、会合に。フェリシティ・フェリエット。ジェレミーはきどったブロンドの秘書を雇っていた。いきなり、脳内ですごい跳躍をした気がした。仮に、の話だけど、もしも、あのジェレミーが自分にそっくりで自分の代役が務まりそうなどこかの酔っ払いか回復途上のアルコール依存症者を見つけたとしたら？　おそらく常習的なアルコール依存症者でも、お金をたっぷりもらえば、なりすましに必要な短期間ぐらいなら酒を飲まずにいられるだろう。酔っ払っていなくて彼にそっくりな人間だったら。それに、ちょっと待って。他にもある。チャールズはジェレミーにフランス語で話しかけた。ジェレミーはチャールズのフランス語がひどかったので、何を言ったのか理解できなかったと言っていた。でも、チャールズのフランス語はまちがいなく完璧だ。フランス警察だって、彼の言うことをなんなく理解していた。

「どうしたんですか？」リチャードがたずねた。「すっかり緊張していますよ」

アガサは仰向けになって起き上がった。「もう行かなくちゃ！」

「まだ終わってませんよ」

「いえ、行かないと。どうしても」

半裸のアガサが台からころがるように下りて服を着始めたので、リチャードはあわてて部屋を出ていった。

アガサが階段を駆け下りていくと、彼は妻といっしょに店に立っていた。「おいくら？」アガサはたずねた。

「十五ポンドです」

アガサの中のビジネスウーマンが顔を出した。「最後までやらなかったから？」

「いえ、それがぼくの料金です」

「まあ、驚いた、安すぎるわ」アガサは言いながら、きっちりお金を支払うと、店を飛び出した。

「彼女、どうしたのかしら？」リンがたずねた。

「さっぱりわからない」リチャードは言った。「あの人はちょっといかれているね」

アガサはホテルに車を飛ばし、チェックアウトした。警察は署に出向くようにという伝言をいくつか残していた。

彼女はバーフィールド屋敷に向かった。

グスタフがドアを開けた。「ご主人さまは具合が悪いんです。ですから、どなたにもお目にかかりません」

「チャールズ！」アガサはドアが閉まりかけると声を限りに叫んだ。

「誰なんだ、グスタフ？」チャールズの声がした。

グスタフはアガサを嫌悪の目で見ると、しぶしぶ答えた。「ミセス・レーズンです」

「通してくれ」

「どいてよ、グスタフ」アガサは怒鳴りながら執事を押しのけた。

「書斎だ」チャールズが叫んだ。

アガサはずかずか部屋に入っていった。

「グスタフに電話して、病気だと伝えただろう」チャールズは文句を言った。

「まあ、グスタフのせいだったのね？　わたしが派遣社員の秘書から受けた伝言だと、あなたはわたしには会いたくない、以上、だったのよ」

「秘書が勘違いしたんだよ。派遣のほとんどは使い物にならないからな」

「まさか、それはないわよ。ともかく、聞いて！」

アガサはまず命が狙われたことを話した。それから言った。「これはとても重要なことなの。あなた、レストランでジェレミーにフランス語で話しかけたでしょ。何を言ったの？」

「元奥さんとよりを戻したいなら、あなたに色目を使うのはやめたほうがいい、って釘を刺したんだ。彼はわからないふりをしていた」

「ふりじゃないと思うわ。ねえ、聞いて」

アガサは新しい思いつきを説明した。「ひとつ忘れてるよ」チャールズが指摘した。「殺すと脅迫されたのは実の娘だったたってことだ。狙われたのは実の娘だった」

「ちょっと待って。ビル・ウォンの話だと、ジェレミーは仕事をたたんだそうなの。

彼はキャサリンと再婚したいと言っている。彼女は大金持ち。もしも彼がキャサリンなしでお金だけほしいとしたら？　たぶん娘への脅迫状は目くらましで、本当は妻を撃つつもりだったのよ」

「アギー、その推理はどれも証明することが不可能だよ」

「じゃあ、パリに行ってフィリスに会い、ハンサムな酔いどれに紹介してもらうわ。ジェレミーになりすましたことを白状させられれば、彼の尻尾をつかめる。実を言うと、これからヒースローに向かうところなの」

「いっしょに行くよ。そうだ、バーミンガムにしないか？　もっと近いし、車を停めるのも楽だし、あそこからもパリ行きの便が出ている。グスタフ、鞄に荷物を詰めてくれ」


チャールズは飛行機に乗っているあいだじゅう頭を抱え、耳が爆発しそうだ、と文句を言い、列車にすればよかった、とぼやいた。「風邪のときに飛行機に乗るべきじゃなかったんだ」

アガサはほぼ彼を無視していた。というのも、自分の推理を頭の中で何度も何度も検討していたからだ。もしも外れくじを引いたら、ジェレミーが誰かを代役に使っていなかったら、この旅はむだになるだろう。フィリスの名刺を財布からとりだした。先に電話するべきだった。

チャールズはタクシーに乗ってホテルに向かう頃には元気になってきた。以前と同じホテルに泊まる予定だった。パリでは太陽が輝き、市内の中心部に近づくにつれ、テラスにすわって日差しを楽しんでいる人々が目につくようになった。

ホテルに着くと、今回はめいめいの部屋があったのでアガサはほっとした。フィリスに電話して、彼女が家にいたのでひと安心しながら、いっしょにディナーをどうかと誘った。

フィリスは夜だと忙しいが、午後にコーヒーならつきあえると答えた。アガサは以前に会ったモベール・ミュチュアリテの〈ヴィラージュ・ロンサール〉を提案した。そして四時にその店で会うことになった。

「まだ二時になったばかりよ」アガサは電話を切ると言った。「フェリシティに会えるかオートクチュールに行ってみましょう」

「あなただけで行ってくれ」チャールズはうめいた。「自分の部屋に行って少し横になるよ。正直なところ、疲労困憊しているんだ」

昔のアガサだったら怒鳴りつけ、なんて弱虫なのと責めたところだが、新しいアガサは急に友人の大切さに気づいたので、ぶっきらぼうにこう応じた。

「いいわよ。あとで状況を教えるわ」

荷物を整理するとホテルを出て、タクシーでサントノーレ通りに行った。またもや、オートクチュールに入っていった。

以前会った女性が近づいてきた。その黒い目はアガサのかなりしわくちゃになったパンツスーツをじろじろ観察している。アガサはアルマーニのパンツスーツを二着持っていたが、今着ているのはイヴシャムで買った安い方のパンツスーツだった。その女性が頭の中で値段をはじきだし、その服と着用者を小馬鹿にするのが手にとるようにわかった。

「フェリシティ・フェリエットに会いにうかがったんです」やっぱりチャールズにいっしょに来てもらえばよかった、と急に弱気になった。チャールズならフェリシティを訪問する当然の理由がある。父親の友人だからだ。しかし、アガサにはなかった。
だが、女性はこう言った。「ミース・フェリシティはもういません。辞めました」

「いつ？」

フランス的に肩をすくめると、両手の指を広げた。「先週」

「パリの住所をご存じですか？」

「待って。調べてきます」

アガサは待っているうちに落ち着かなくなってきた。すばらしいと思った閃きだったが、だんだん荒唐無稽に感じられはじめた。

女性は戻ってきて、アガサに紙片を渡した。そこにはマダム通りの住所が書かれていた。

アガサはまたタクシーをつかまえて、もう一度川を渡ることになったが、今回の目的地は六区だった。印象的なバロック様式のサン・シュルピス教会の近くだ。

料金を払ってタクシーを降りると、高い建物を見上げた。玄関ドアを入るには暗証番号を入力しなくてはならない、いまいましいシステムの建物だった。

ドアの脇には小窓があった。コンシェルジェがいるかもしれないと期待して、アガサは軽く窓をたたいた。カーテンが揺れて、顔がのぞいた。しばらくしてドアが開いた。小鳥を思わせる小柄な女性が立っていた。チリチリの頭に鉛筆を挿している。

「ミス・フェリエットは？」アガサはたずねた。

「ニュメロ・ディ・セット」

アガサは困惑して彼女を見た。「フランス語がわからないんです」

コンシェルジェは玄関ホールのはずれの部屋にひっこむと、紙片を持って現れ、そこに「17」と書いた。それから上を指さした。

　アガサはエレベーターに向かった。金メッキの檻みたいなフランスでよく見かける旧式なものだ。コンシェルジェがついてきて、いちばん上のボタンを押した。扉がゆっくりと閉まり、箱はキイキイきしみながら上昇していった。最上階で停止すると、アガサは外に出て左右を見た。建物はとても静かだった。子供たちの叫び声も聞こえず、料理の匂いも漂ってこない。家賃がすごく高いにちがいないわ。金持ちのマンションの住人だけが、こういう静謐《せいひつ》を享受できるのだ。

　ベルのついたドアがひとつあった。アガサはベルを押した。中で人の気配がした。それからドアが開き、長身の眼鏡をかけた男が現れた。

「何かご用ですか？」アメリカ訛《なま》りだった。

「フェリシティ・フェリエットを探しているんです」

「その名前の人はここにいません。ぼくは引っ越してきたばかりなんです。どうぞ」

　アガサは中に入って、見回した。そこらじゅうにダンボール箱が積まれている。両開きドアの先はバルコニーで、そこからはパリ市内に連なる屋根を見晴らせた。

　彼はデスクに歩み寄った。「不動産会社の名前ならわかりますよ。そこに当たってみれば、彼女の行き先がわかるかもしれない。会ったことはないが、以前の住人だったにちがいないな。エレベーターのある部屋を見つけられて、ぼくは幸運でしたよ。上に行けば行くほど安くなり、エレベーターがなければさらに安くなるんです。だけど、ぼくは何十メートルもの階段で荷物を運びたくはなかったんでね」

「この不動産会社まで、ここからどのぐらいかかりますか？」

「外に出たら左に曲がり、まっすぐサンジェルマンまで歩き、右に曲がる。だいたい一ブロックぐらいですよ」

アガサは礼を言って、おそろしくのろいエレベーターでまた一階まで下りていった。通りのドアを開けるのに、少し手間取った。コンシェルジェのドアをノックしても、返事はない。そのとき明かりのスイッチの下にボタンを発見して、押してみた。ドアがカチリといったので、押し開けた。パリの建物ではよく見かける巨大な彫刻された木製ドアだったので、両手で力一杯押さなくてはならなかった。

左に曲がると、ときどき「サンジェルマン？」とだけ言って通行人に確認しては、指さされた方向に歩き続けた。

不動産会社では、表のオフィスにいた人間が英語を話す人を奥から連れてくるまで、しばらく待たされた。

こぎれいで小柄なフランス人男性が現れ、アガサがフェリシティ・フェリエットの居所を知りたいとしゃべっている間ツバメみたいに片側に首を傾げ、礼儀正しく聞いていた。

「彼女の賃貸契約は先週で切れました」男性は言った。「更新しないと言ったのです。イギリスに戻るという話でしたよ」

じゃあ、これで行き止まりね、とアガサは思った。おそらく両親の元に帰ったのだろう。

フィリスに会う頃には、アガサは自分の思いつきは馬鹿げているような気がしはじめていた。しかし、フィリスは熱心に耳を傾け、何もかもすごくわくわくする、と感嘆してくれた。「ジェレミー・ラガット＝ブラウンってどういう外見なの？」彼女はたずねた。

「体格がよくて日に焼けていて、目はとても青くて、ふさふさした白髪頭よ」

「会合に来ている人で似た男性がいるわ。ジャン＝ポール。通りで暮らしていたので惨めな様子だったけど、断酒してから同一人物とは思えなくなった」

「彼に会えるかしら？」

「実を言うと彼の電話番号を知っているの」フィリスは携帯電話を取り出し、電話をかけ、フランス語でしゃべった。電話を切ると、得意そうに報告した。「この近くに住んでいるから合流するって。すぐに現れるわよ」

アガサはドキドキしてきた。ああ、どうかジャン＝ポールがジェレミーにそっくりですように。

十分後、フィリスが叫んだ。「彼が来たわ」

アガサは椅子にすわったまま振り向き、がっくりした。ジャン＝ポールは灰色交じりの白髪で、目はブルーグレーだった。長身だが猫背だ。しかし、いちばん目立つ特徴はとても大きな、とても目立つ鼻だった。

三人と同席すると、ジャン＝ポールは、捜している人間についてチャールズとフィリスがフランス語で説明する言葉にじっと聞き入った。アガサはじりじりしながら無言ですわっていたが、ひそかに、このいまいましい事件が片付いたら、すぐにフランス語を習おうと決心した。これが解決すればの話だが。

チャールズが言った。「まちがいなく彼ではないし、そういう人間に心当たりはないそうだ」

アガサは心が重くなった。警察は供述のために署に現れないので、アガサの行方を捜しているだろう。空港を調べれば、出国したことがわかり、フランス警察に連絡しているかもしれない。

フィリス、ジャン＝ポール、チャールズがフランス語でおしゃべりをしている間じゅうアガサはふさぎこみ、いらつきながら口を閉ざしていた。

ようやく別れを言い合うと、飛行機の便は翌朝だから、セーヌ川沿いに散歩してノートルダム寺院を訪ねようとチャールズが言いだした。

「見たことがあるわ」アガサは不機嫌だった。

「じゃ、もう一度見ようよ」

二人はモベール広場で曲がり、フレデリック・ソトン通りを歩きはじめた。「ほら、ごらんよ」チャールズが言った。「ＡＡのオフィスがある。レバノン料理のレストランの向かいだ。あそこで訊いてみようか？　だって、フィリスは英語でしゃべる会合にしか行っていなかったんだから」

「どうしてもって言うなら」アガサはため息をついた。「なんだか滑稽に思えてきたわ。だって、わざわざ酔っ払いに自分の代役を頼む必要はないわよね、素面の人間だって雇えるのに？」

「彼にそっくりな素面の人間を見つけるのがむずかしかったのかもしれない」

チャールズがベルを押し、インターコムに話しかけると、ブザーが鳴ってドアが開いた。チャールズがフランス語でぺらぺらしゃべっている間アガサは椅子にすわり、ぼんやりと部屋を見回していた。

するとチャールズが興奮してくるのがわかった。彼女は背筋を伸ばした。

「どうしたの？　何を言ってるの？」

「いいかい、よく聞いて、アギー。ある浮浪者がいるんだ――酔っ払いだ。彼はモベール広場の噴水のそばで、他の酔っ払いたちとたむろしている。ときどき素面に戻ることもあるが、ほぼいつも酔っている。そして、たいてい夜はそこにいる。ニックネームはミロール。髪は白くて目はブルー。ときどきこのオフィスに来て、酒をやめると宣言するが、一度も成功したことはない」

「彼は代役を務める間、お酒を断てると思う？」

チャールズはまたフランス語で問いかけた。返事を聞くと、アガサの方を向いた。

「それでお金をたくさんもらえるならできるだろう、って言っている」

オフィスを出るときは二人ともすっかり興奮し、〈メトロ〉というブラッセリーに行った。その店は広場の噴水に面した側にテーブルを出していた。そして待った。

二人はひたすら待ち続けた。ノートルダム寺院の大きな鐘が五時半を打つのが聞こえてきた。ブラッセリーは仕事帰りに一杯やる人々で混雑してきた。その界隈はまだたくさんの観光客たちがそぞろ歩いている。自転車のツアー客たちが走り過ぎ、ローラーブレードの連中も通り過ぎた。アメリカ英語、オランダ語、ドイツ語の声がフランス語と交じり合う。

黄昏《たそがれ》てくると、数人の酔いどれたちが噴水にすわっているのが見えた。ショッピングカートに全財産を入れている者もいれば、犬を連れている者もいた。

そのとき、白髪頭の男が近づいてくるのが見えた。噴水の縁にすわり、ジャケットの破れかけたポケットからボトルをとりだし、ぐいとあおった。

チャールズが勘定を払うと二人は立ち上がり、男に近づいていった。

チャールズが話しかけている間、アガサの鼓動は速くなっていった。ミロールはジェレミーそっくりの青い目と白髪をしていたが、かつてはハンサムだったであろう顔には赤い毛細血管が醜く浮きだしている。チャールズはアガサに言った。「金のためなら断酒するって言ってる。本名はルークっていうんだ」

「金のためならなんだってやるよ」ルークは完璧な英語で言った。

「いくつか質問があるの」アガサは切りだした。「どこか静かなところに行きましょう。もうかなり飲んでる？」

「いや、まだだよ」ルークは愛想よく言った。「起きたばっかりだから」

「セーヌ川の方に行って、川縁にすわろう」チャールズが提案した。

三人は川沿いに歩いて川岸への階段を下りると、投光照明で浮かび上がるノートルダム寺院が見えるベンチにすわった。

「いくらだい？」ルークがたずねた。

アガサはすばやく考えた。「百ユーロ」

彼は肩をすくめた。「別のやつからは千もらったぜ」

アガサはバーミンガム空港に向かう途中の郵便局で、きっかり千ユーロをおろしてきた。一部は使ったが、キャッシュディスペンサーで銀行カードを使えば、もっとおろすことができる。

「いいわ。ただし、警察に供述してもらわなくてはならないわよ」

「いや、それはだめだ」

「ねえ、事情を話して。警察を怖がる理由は何もないんでしょ。だって、彼は『妻を殺しに行く間、わたしになりすましてくれ』とは言わなかった、そうじゃない？」

「ああ、ジョークだって言ったんだ、それだけだよ」

「じゃあ、恐れる必要はないわ。千ユーロよ」

長い沈黙が続いた。遊覧船が通り過ぎていき、三人の顔をまばゆく照らし、川岸のミズニレの木々を鮮やかな緑色に変えた。

ルークはボトルに手を伸ばしたが、チャールズがきっぱりと言った。「酒はだめだ」

ルークは肩をすくめてから、話しはじめた。名前はルーク・フィールドで、フランス人の母とイギリス人の父の間に生まれた。父親が二人を捨てたので、母はイギリスからパリに戻ってきた。彼はグラフィック・アーティストとして働いていたが、何度か盗みをしてクビになった。そのイギリス人は彼に近づいてきて、ちょっとしたいたずらをするのに手を貸してくれ、と頼んだ。ルークはその金があれば断酒できるし、また仕事にありつけると考えて承知した。そのジェレミーという男にマダム通りの部屋に連れていかれた。

「最上階の？」アガサは意気込んでたずねた。

「ああ。ブロンドの女がいた。彼女のことはフェリシティって呼んでた」彼女はルークが来てまもなく姿を消した。ジェレミーはホテルに戻っていき、スーツ、靴、シャツ、ネクタイを持ってまた現れた。彼は風呂に入り、髭を剃り、毛細血管を隠すためにメイクをした。ジェレミーの口調と態度を真似るために練習をしなくてはならなかった。そして、こういう取り決めになった。ルークはホテルに一晩泊まる。かたや、ジェレミーはルークのパスポートを使ってイギリスに行き、ルークの方は翌日にジェレミーのパスポートでイギリスに行く。ルークは実はパスポートを持っていたのだ。もっとも売ろうかとたびたび考えたが。いったん向こうに着いたら、彼はジェレミーに電話して、落ち合う。二人はパスポートを交換して、ルークは金をもらい、こっちに戻ってくる。

「だけど、どうしてホテルでフランス語をしゃべったんだい?」チャールズがたずねた。「ラガット＝ブラウンはフランス語がまったく話せなかったのに」

「そのことを知らなかったんだ」ルークは言った。「彼は自分のフランス語は完璧だと吹聴《ふいちょう》していたが、おれにはずっと英語でしゃべっていた。会合に行き、それからまっすぐベッドに直行しようと思ったのさ。そうすれば飲まずにすむから」

しかし、そこでルークは反抗的になった。どうしても警察とは関わりたくないと言い張ったのだ。

「わかったわ」アガサは言った。「だけど、いっしょにホテルまで来てちょうだい。お金をあげるから。ホテルの金庫にしまってあるの」

そして、どうかフランス警察がわたしたちを待ちかまえていますように、とアガサは祈った。

しかし、ホテルに到着すると、がっかりすることに制服警官の姿は一人もなかった。「わたしの部屋に来て」アガサはルークに言った。時間を稼いでいれば、警察が到着するかもしれないと期待した。どうしてチャールズはいっしょに来ないの？　自分の部屋に行って、そこから警察に電話しているんならいいけど。だが、ルークが逃げてしまうのが怖くて何も行動に移せなかった。

アガサの部屋に入ると金庫に行き、財布をとりだした。先日の経験から、出かけるときは最小限のお金しか持たないことにしたのだ。

ゆっくりとお札を勘定しはじめたが、途中で手を止めた。「警察に行かないなら、あなたには何も支払うべきじゃないと思うわ。だって」そう言いながら、お金を集めて財布に戻した。「あなたの情報は供述してもらわなければ、わたしたちにとって何の役にも立たないから」

ルークは物欲しそうにアガサを見た。酒が飲みたくてたまらなかったのだ。自分は本気で仕事に戻りたかったのか？　冬が近づいていたし、もうひと冬、通りで暮らしたら死ぬだろう。

しかし、警察には怯えていた。殺人者の共犯だということで、ひどく責められるにちがいない。

ドアがうむを言わせぬ調子でノックされ、英語の声が叫んだ。「警察だ。開けろ!」

ルークはうなだれた。運命が彼の心を決めてくれた。

12

質問、また質問のあの長い夜のことをアガサは決して忘れないだろう。それから、翌朝、飛行機を降りたら、バーミンガム空港でパトカーが待っていると告げられた。

バーミンガム空港に着いたとき、彼女もチャールズも睡眠不足のせいでふらふらだった。そして、待っていたパトカーに乗りこんだ。

「休ませてくれたっていいのに」アガサは不平を鳴らした。「こんなことにはこれ以上耐えられないわ」

パトカーがミルセスターめざして走りだすと、二人とも眠りこんだ。警察署に着くと、二人は別々に取り調べを受けると告げられた。

アガサは公安部のフォザーが担当で、チャールズはウィルクス警部だった。

「始める前に」警官が録音機にテープを入れているときに、アガサは急いで言った。

「ジェレミー・ラガット＝ブラウンは逮捕したんですか？」

「ああ、尋問のために連行された」

「たぶん、ちょっとしたいたずらのためにルークになりすましを頼んだと弁解すると思います」

「そう言った。だが、やつのオフィスを徹底的に調べた。もう使っていなかったが、まだ借りていたんだ。床下から狙撃ライフルと時限装置が見つかったよ。さて、ミセス・レーズン、始めるとするか。彼が代役を立てたと、いきなりあなたが思いついたことが、われわれにとってはきわめて不思議なんだ。警察に証拠を隠していたんだと考えている」

「ただの思いつきよ」アガサは用心深く言った。フィリスと断酒したアルコール依存症者の話をした。

「だけど、どうしてフェリシティ・フェリエットなんだ？」

「フェリエット家は先祖伝来の屋敷を失って、大変な屈辱を与えられたから。パリとのつながりだけで、彼女がなんらかの形でからんでいるんじゃないかとにらんだの。彼女は見つかった？」

「捜しているところだ。行方をくらましたようで、両親もずっと娘と連絡をとってないんだ。だが、何もないところから、こんなことを思いついたとはどうしても信じられないね。本当はラガット＝ブラウンと組んでいたが、関係がこじれたんじゃないのかね？」

「まさか」アガサは叫んだ。「それから、眠りこまないようにコーヒーをいただきたいわ」

尋問は何時間も続いた。アガサがもう本当にこれ以上耐えられないと思ったとき、ようやく家に帰ってもいいと言われた。だが、国外には出ないようにと。

アガサが部屋を出ると、チャールズもちょうど帰るところだった。「パトカーで送ってもらわなくちゃ帰れないんじゃない？」アガサはたずねた。

「いや、わたしの車のキーを渡して、空港から回収してきてくれと頼んだんだ」

「わたしの車はあなたの家よ」

「明日、グスタフといっしょに届けに行くよ。彼があなたの車を運転して、帰りはわたしといっしょに乗っていけばいい」

アガサは自分のコテージに入った。猫たちのボウルを調べると、ドリスは二匹にえさをやってくれたようだった。まっすぐ二階に行き、ベッドにうつぶせに倒れこむと、そのまま深い眠りに落ちた。四時間後、ドアベルが鳴る音で目を覚ました。

そのまま鳴らさせておこうかと思ったが、ミセス・ブロクスビーかもしれないと思い直した。疲れた足取りで階段を下り、ドアを開けた。ビル・ウォンが花束を抱えて立っていた。

「戦争に行っていたみたいな顔ですね」ビルは言った。

「お花。なんてきれいなの。どうぞ入って、ビル。いったい何があったの?」

彼はアガサのあとからキッチンに入ってきた。

「実は、過去にあなたの突拍子もない思いつきや直感が事件を解決したことを説明していたんです。ライフルと時限装置を見せられると、ジェレミー・ラガット＝ブラウンは観念しました。

どうやら時限装置をIRAや他のテロリストグループの爆弾のために提供して、金儲けをしていたようです。そんなときにフェリシティ・フェリエットに出会って恋に落ちた。彼はテロリストのビジネスから足を洗いたかったし、彼女は屋敷を取り戻したかった。やっぱり妻を狙撃する計画だったんですよ。

まもなく、フェリシティはチャールズが両親に会いに来て、自分についてあれこれ質問したことを聞いた。彼女はあなたについて古い新聞をチェックし、警察よりもあなたの方が脅威だとジェレミーに納得させた。彼は自分の手で殺人を犯したくなかったが、いろいろなつてがあったので、サリヴァンを雇ったんです。

そして、妻と再婚したら、適当な時期に妻を死なせて事故に見せかけるつもりだった。あなたをガス中毒死させる試みが失敗すると、あなたの殺害には慎重になることにした、ま、当面はね。

酔っ払いのルークを雇えたのは彼にとっては幸運だった。少なくとも、彼はそう考えていた。フェリシティがある日ルークを見かけて、驚くほど二人が似ているのに気づいたんです」

「フェリシティって、なんだかマクベス夫人みたいね」

「ええ。すべての計画において、首謀者は彼女のようです。ジェレミー・ラガット＝ブラウンの秘書として短期間働いていたんですが、フェリシティがパリに引っ越した方が二人いっしょのところを目撃される可能性もほぼなくなるし、好都合だと考えたようです。

ジェレミーが妻を亡き者にしたあとは、妻の金を相続し、フェリシティと結婚し、フェリシティは昔の屋敷を取り戻すはずだったんです」

「そして、ハリソン・ピーターソンについては？」

「ハリソン・ピーターソンはＩＲＡの手先だと判明しました。資金を世界中に運んだり、コロンビアのテロリストに現金を持っていったりというような仕事をしていた。彼はその仕事から足を洗いたかったので、パトリックと話したあとで警察に出頭するつもりだった。あなたの電話を盗聴していたのはジェレミー・ラガット＝ブラウンでした。パトリックの伝言を聞いて、ハリソンを消さなくてはならないと判断した。しかも、ハリソンには部屋に入れてもらえるほど信用されていたので、自分が手を下すしかないと考えた」

「そして、フェリシティが目下どこにいるかはわからないのね？」

「ええ。でも、彼女は自分の手を汚すような真似はしないでしょう。彼女はジェレミーのことなどどうでもよかったんだと思います。たんに屋敷を取り戻すために利用していただけですよ。気の毒な両親は嘆き悲しんでいます。ご心配なく。われわれも捜しているし、国際刑事警察機構《インターポール》も捜しているし、公安部も行方を追っています。ひとつだけ残念なのは、あなたがこの事件を解決したという栄誉を与えられないことです」

「どうして？」

「ええと、フォザーの言葉を引用しますね。『田舎の探偵事務所のいかれた女が公安に解決できなかった事件を解決できたと、万一新聞に嗅ぎつけられたらもうおしまいだ』」

「自分で新聞社に電話できるわ」

「裁判が終わるまではだめです、できませんよ」

「そうね。パトリックに電話して、明日は休みをとるって伝えるわ。今は眠りたいの。それから顔と髪のお手入れをしたい」

「今夜は巡査があなたの玄関前を警護するので安心してください。しかも、明日はハンサムなダレン・ボイドが引き継ぎますよ」


ビルが帰ってしまうと、アガサは熱いお風呂にゆったりと浸かった。それからガウンをはおって一階に戻ると、スパゲッティボロネーズのパックをディナー用に電子レンジにかけた。食べ終えると、猫たちを庭に少しだけ出してやった。それからまた家に入れ、戸締まりをすると、ベッドに戻った。

だが、なかなか寝つけなかった。世界のどこかにフェリシティ・フェリエットがいる。彼女は絶対に復讐を企んでいるにちがいない。

翌朝早くチャールズがグスタフといっしょに現れ、彼女の車を返し、今夜また戻ってくると言った。警察のコーヒーには強精剤が入っていたにちがいない、風邪が完全に治ったから、という話だった。

　アガサは徹底的にフェイシャルエステをしてもらい、そのあと白髪を茶色に染めてもらった。

　それから家に戻ってくると、チャールズが外に車を停めて待っていた。電子レンジ調理のひどい食生活にもかかわらず、アガサが豊かな艶のある髪と完璧な肌を保っていることが、チャールズにはいつも不思議でならなかった。

「鍵を忘れたんだ。ハンサムなボイドが外にいて、お菓子を並べた小さなテーブルの前にすわっていたよ」

「村の女性たちが彼をちやほやしているの。これからどうする？」

「ジョージに会いに行ったほうがいいんじゃないかな、せめてもの償いで」

　ジョージ・フェリエットは二人に猛烈に腹を立てていた。おかげで、草むらに潜む蛇と見せかけの友人についての熱弁を、チャールズはおとなしく拝聴しなくてはならなかった。ジョージがしゃべり疲れるのを待って、チャールズは穏やかに口を開いた。

「お嬢さんが罪を犯したことには向き合わなくてはならないよ」

　ジョージは椅子にくずれるようにへたりこんだ。「あの子は荘園屋敷を出ることを嫌がっていた。小さなときから、わが家にお金がなくなりかけていることを理解できなかったんだ。高価な物をねだり続けた——服、最新のパソコン。だが、ここまでするとは思ってもみなかったよ」

「それで、彼女から連絡はないのかい?」

「まったく」

クリスタル・フェリエットが家に入ってきて、二人をにらみつけた。「出ていって!」彼女は叫んだ。

「だけど、クリスタル……」チャールズが口を開きかけた。

「早く!」彼女はわめいた。

アガサとチャールズはあわてて退散した。車の中で、アガサはたずねた。

「娘が現れたら、あの二人はかくまうと思う?」

「なんとも言えないな。道の反対側に停まっているのは覆面パトカーだな」

「今夜は泊まっていく?」

「ぜひにと言いたいところだけど、農場の用事があるんだ。あなたのコテージの戸口で警察官が警護しているから大丈夫だよ」

翌朝、医療刑務所でエマ・コンフリーは相変わらずひとりごとを言い続けていた。数日前に正気を取り戻したのだが、頭のおかしい演技は続けていた。なぜなら裁判にはかけられない、と判断してもらいたかったからだ。

この数日、いろいろな精神科医との面接のあいだ、正気を失っているふりをどうにか貫いてきた。しかし、その日の午後、新しい精神科医に紹介された。女性で目が小さく艶のある茶色のボブヘアをしていた。その医師は嫌でもアガサ・レーズンのことを思い出させた――アガサ・レーズン、すべてのトラブルの元凶となった女。

エマはよだれを垂らして笑いながら、頭をすばやく回転させた。エマの精神錯乱は手の施しようがないと確信しながら精神科医は帰り、交替で看護師が現れた。

「さあ、お薬を飲んでください」看護師は言った。

看護師は数錠の薬をのせた皿を差しだした。

エマはぼんやりと看護師を見つめた。「ほら、手を貸しましょう。これが水のグラスです。これが最初の錠剤ですよ」

エマは看護師の肩越しに鎮静薬の注射器がのっているトレイを見た。患者が暴力的になったときにおとなしくさせるために使われるものだ。エマは水のグラスを手にとると、それを看護師の顔めがけて投げつけ、鎮静薬の注射器をつかむと同時に看護師の口を手でふさぎ、注射針を突き立てた。看護師が腕の中でぐったりするのを確認するまで、死にものぐるいで押さえつけていた。

看護師の白衣と服と靴をはぎとると、自分の病院衣を脱いで、それらをすべて身につけ、看護師の身分証を白衣に留めた。

それから看護師をベッドの方にひきずっていって、そこに寝かせると毛布で体を覆った。

エマは危険人物だと思われていなかったので、戸口に警備員はいなかった。看護師のクリップボードを手にして外に出た。クリップボードを見ているかのようにうつむき、急ぎ足で廊下を歩いていく。彼女を知っている医師が近づいてくるのが見えたので、あわてて部屋に飛びこむと、そこは薬品保管室だった。

男性看護師が勤務についていた。「鎮静剤の注射器があと二本必要なの」エマはきびきびと言った。彼はしぶしぶ読んでいた新聞を置き、戸棚の鍵を開けて注射器を二本渡すと、ノートを取り出した。「ここにサインして」彼はエマの顔を知らなかったが、医療刑務所の看護師は出入りが激しかった。

エマは胸のラミネートカードをちらっと見て、「ジェーン・ホップカーク」と看護師の名前をサインした。

ポケットに注射器を入れると、ポケットの底に鍵があった。廊下には誰もいなかったので、鍵を取り出してしげしげと眺めた。ロッカーの鍵だ。ロッカーはどこだろう？　とたんに大声で笑いそうになった。廊下の突き当たりの壁に、平面図が貼ってあった。

配膳のランチの匂いがしてきた。願わくば、ほとんどの看護師が食堂に行ってしまい、患者への配膳は雑用係に任せていますように。

ロッカー室で鍵のナンバーのロッカーを開けた。中にはコートとバッグが入っていた。バッグの中には車のキー。

エマはコートを着てバッグを手にかけた。階段を下りると、早足で玄関から出ていった。

駐車場をひと回りしながら、すべての車のところでリモートコントロールキーをクリックしていくと、ある一台でセキュリティライトが点灯した。

最新型のボルボだ。ミス・ホップカークは財産があるにちがいない、とエマは思った。看護師の給料では絶対に買えない車だわ。

フロントウィンドウには通行証が置いてあったので、エマは手を振りながら笑顔で警備員の前を通過した。いったん道に出ると、路肩に駐車してバッグを探った。財布には百ポンド以上入っている。バッグのサイドポケットには、うれしいことに暗証番号を書いた紙片が入っていた。近くのＡＴＭに行き、カードをさしこんで二百ポンド引き出した。

するべきことをすませたときには、警察がやって来るだろう。しかし、そのときにはアガサはもはや生きていないはずだ。

ミルセスター郊外で車を乗り捨てると、自転車を買い、カースリーめざして秋の木の葉がこんもり茂っている裏道を走りはじめた。

ボイド巡査は長い脚を伸ばした。今日もまた晴れてきた。お茶と自家製のスコーンとケーキでおなかが一杯で眠くなってきた。

ビジネススーツを着て頭にシルクのスカーフを巻いた、若くてスリムな女性が近づいてきた。

「あたしの自家製ワインを味見していただけないかと思って」彼女は言った。「アガサに頼まれて書類をとりにオフィスから来たんです。鍵は持ってます」

「それはご親切に」

「一杯どうぞ。とても自慢のワインなんです」

「じゃあ、一杯だけ。誰にも言わないでくださいね。勤務中はアルコールを飲んではいけないことになっているので」

「グラスを持ってきました」ボトルはスクリューキャップだった。彼女はキャップを開けて、グラスにワインを注いだ。

ボイドは彼女がドアの鍵を開けて、防犯アラームのスイッチを切るのを見守った。それからドアが閉まり、ボイドはワインの匂いを嗅いだ。とても甘い匂いがする。彼女の機嫌を損ねたくなかったので、中身を冬のパンジーの花壇に空け、椅子にまた寄りかかった。日差しがぽかぽか暖かく、自家製のお菓子でおなかがくちくなり、まもなく、ぐっすり眠りこんでしまった。

背後でドアが少しだけそっと開き、また閉まったことにも気づかなかった。

フェリシティ・フェリエットはキッチンに戻ると、すわって待つことにした。ワインにはたっぷり睡眠薬を入れておいた。ジェレミー・ラガット＝ブラウンがアガサのコテージの鍵を残していってくれたのは幸いだった。アガサをガス中毒死させるために雇った男は合い鍵を二組作り、一組を最初の計画が失敗したときのためにジェレミーに送ってくれた。しかも、あの馬鹿な女は防犯アラームの暗証番号を変更するのを忘れていた。

猫たちがじっとこちらを見つめている。フェリシティが庭のドアを開けると、二匹は逃げ出した。さっきアガサをつけてみると、村の店に入っていった。おそらく長くはかからないだろう。「あなたの代わりにやるのよ、ジェレミー。あなたはドジを踏んだから。そして、あたしが家を取り戻すのを邪魔したあの女を亡き者にしてやる」彼女はつぶやいた。

アガサはキャットフードをふた缶買って、村の店を出た。甘やかされている猫たちは人間の食べ物の方が好きだったが、今回ばかりは市販品のキャットフードで我慢してもらわねばならない。さんざん質問をされて、アガサは疲れ切っていた。急にミセス・ブロクスビーに会いたくなった。何があったかを洗いざらい聞いてもらいたかった。

牧師の妻はアガサの話を驚嘆しながら聞いた。「かねがね、あなたの直感は神さまからの賜《たまもの》だと思っていたのよ、ミセス・レーズン」

アガサは「神」という言葉が出るといつもそうなのだが、落ち着かなくなった。

「フェリシティ・フェリエットがまだどこかにいるの」

「警官に警備してもらっている限り安全だと思うわ。彼女はどこに逃げそうかしらね？」

「どこへだって」アガサは憂鬱そうに言った。「パスポートを六通ぐらい持っているにちがいないわ」

エマはハンティングナイフを買うために店に寄った。頭が驚くほどすっきりして論理的に考えることができた。しかし、自転車をカースリーへと下る道の入り口に置き、歩き始めたとき、頭の奥で神経に障る小さな声がいくつか聞こえた。そのひとつは亡き夫の声だった。「古くさい服を着てるな。他に着る物がなかったのか？」

その声を無視して、ぐんぐん歩いていった。アガサに鎮静剤の注射を打ってから、ゆっくりと切り刻んでやるつもりだった。ライラック・レーンに曲がったとき、警官の姿を見て足を止めた。だが、警官は眠っているようだった。彼女は進んでいき、彼の前を通り過ぎた。

エマはベルを鳴らそうとしたが、まずドアのノブを試してみることにした。うれしいことに鍵がかかっていない。アガサは家にいるようだ。

キッチンに入っていった。

見知らぬブロンドの若い女がキッチンのテーブルの前にすわっていた。

フェリシティはエマを見て、エマはフェリシティを見た。フェリシティは図書館のマイクロフィルムで粒子の粗いアガサの写真を見ただけだった。ハンティングナイフを手にしたこの女が自分の獲物にちがいない。

エマが飛びかかってくると、フェリシティはその胸を撃った。エマが倒れると、彼女は冷酷に二発の銃弾を頭に撃ちこんだ。

ボイド巡査はぎくりとして目を覚ました。無線の声が彼に呼びかけている。

「はい？」彼は応答した。

「警戒しろ。エマ・コンフリーが脱走した」

「いつですか？」

「一時間半ぐらい前だ」

「了解」

そのとき家の中から銃声が聞こえた。ドアは開けっ放しになっている。ボイドは飛びこんでいった。ワインをくれた女が床の死体を見下ろしている。ボイドが女に体当たりすると、女は発砲したが、銃弾は大きくそれた。ボイドは女を押さえつけ、手錠をかけた。

それから無線で応援を頼んだ。

外に出たときは脚が震えていた。ものすごく厄介なことになった。どうやって二人の女が目の前を通過したのか訊かれるだろうし、そうなったら眠ってしまったことを白状しないわけにいかないだろう。ポケットから写真を取り出した。銃を持った女はフェリシティ・フェリエットだったのに気づかなかった。だが、待てよ、彼女はスカーフを頭にかぶっていたのだ。それに、あのワインには睡眠薬が盛られていたにちがいない。どうかそうでありますように。もちろん、そうに決まっている。

結局、警察はアガサを紙面に出さないようにはできなかった。アガサが何度も命を狙われたことはトップニュースになった。どこかのホテルに避難して、この騒ぎが収まるまで隠れていよう、とアガサはまず考えた。しかし、知名度はまさに探偵事務所にとって必要なものだったと考え直し、武勇伝をテレビやラジオや新聞取材でしゃべりまくった。

記事を読んで、ロイとチャールズは自分たちの名前がどこにも出ていないことに気づいた。

まずチャールズが電話してきて、手柄を独り占めしてどういう気分かい、と嫌みたつぷりにたずねた。顔を赤らめながらアガサが弁解しようとすると、チャールズは受話器をガチャンと置いた。

次にロイが猛烈に不機嫌になって電話をしてきた。「ＰＲ業界ってものを忘れちゃったんですね、耄碌《もうろく》ばあさん。どんな宣伝でも役に立つんだぞ。自分が必要なときだけ友人を求め、それ以外のときは相手を助けようとしたり、自分のやり方を曲げようとしたりしないんだ。恥知らずですよ！」

何日もアガサはプンプン怒っていた。二人とも馬鹿みたい。結局のところ、真相はわたしが思いついたのに。いずれにせよ、アガサは二人のことで悩む時間はなかった。探偵事務所の仕事が猛烈に忙しくなり、依頼を断らねばならないほどだったのだ。

ある晩、ビル・ウォンが電話してきた。「すべて解決しましたよ。フェリシティはジェレミーを利用していただけで、彼のことも彼の作戦のことも、こちらが知りたいことをすべて話してくれました。

かたやジェレミーの方は、フェリシティにすっかり夢中だったようですね。輸出入の会社をたたんだとき、フェリシティが海外で仕事につけば、二人の関係もばれないと考えたようです」

「でも、警察は彼の仕事をチェックしたんでしょ。ブロンドの秘書のことを耳にしたら、フェリシティと連絡をとろうとしたはずよ」

「フェリシティは偽名と偽の身分証で秘書として働いていたんです。スーザン・フリーマントルという名前を使っていました。本当のスーザン・フリーマントルは去年交通事故で亡くなり、葬儀の最中に家が泥棒に入られました。おそらくジェレミーはフェリシティのためにチンピラか誰かから身分証を買ったんでしょう。ところで、あなたがジェレミーは代役を雇ったという考えにいきなりたどり着いた理由が、僕にはよくわからないんですが」

「ちょっとした言葉のせいよ——会合《レユニオン》。フランス語ではアルコール依存症者更生会のことをそう呼ぶの。偽のジェレミーはホテルのフロントに会合に行くって言った。さらに、友人が断酒したハンサムな男性について話してくれたとき、その外見からジェレミーに似ていると思った。だけど、結局ジェレミーじゃなかった。それにジェレミーはアルコール依存症ではないしね。だって、あの年齢だったら、それが顔やスタイルに出るはずよ。だから代役かもしれないって閃いたの」

「あなたは素人ならではの幸運をすべて手に入れたってわけですね」ビルが言った。

「言っておくけど、今はプロよ」アガサ・レーズンはきっぱりと宣言した。

十一月も終わりに近づき、日が短くなると、ようやくアガサはチャールズとロイが恋しくなった。誰も彼もがクリスマスに備えて節約することにし、儲けの大きい案件の離婚予備軍は配偶者の不倫を探り出すのは休暇後まで待つことに決めたみたいに、仕事がいきなり暇になった。

ミス・シムズは辞表を出した。赤ん坊の娘をずっとベビーシッターに預けているよりも家にいた方が生活が楽だから、と説明した。

パトリック・マリガンはサリー・フレミングという女性探偵を雇うようにアガサに勧めてきた。サリーはすでにふたつの探偵事務所で働いた経験があった。サリーは小柄できちんとしていて、黒髪で、とても有能だった。さらに、次々に替わる派遣社員の代わりに、アガサは秘書としてミセス・エディ・フリントを雇った。非の打ち所のない資格証明書を持つ夫に先立たれた女性だった。

探偵事務所を開いてから初めて、アガサは時間がたっぷりでき、失った友人たちのことで嘆いた。

少なくとも、まだミセス・ブロクスビーとビル・ウォンはいた。

アガサは風の強い曇った十一月のある日、牧師館に出かけた。チャールズとロイに愛想を尽かされたことは、これまでミセス・ブロクスビーに話していなかったが、いまやアドバイスがほしかった。

「どうしたらいいかわからないの」アガサは居心地のいい牧師館のリビングで言った。薪がはぜ、教会墓地の墓石の周囲を風がビュービュー吹き抜けていく。「どちらかはそろそろ電話してくれるんじゃないかって期待してたんだけど」

「あなたからは電話してみた？」

「チャールズに電話してもむだよ。意地悪な使用人がたとえ在宅でも留守ですって言うから。ロイにも一度かけたら、背後で彼の声がしていたけど、秘書は会議中だって答えたわ」

「あらあら。そうねえ。スタッフのためにクリスマス・パーティーは開くつもり？」

「オフィスでささやかな会をしようかと思っていたの。シャンパンとちょっと手の込んだ食べ物で」

「おうちのクリスマス・ディナーに招待するのはどう？　ダイニングルームをまったく使っていないでしょ。それに、パーティーを開くなら、そうね、クリスマスの二週間ぐらい前なら、二人とも社交上の約束が入っていない可能性が高いわ」

「だけど、どうして二人が来ると思うの？」

「クリスマス・ディナーには人の心をほっこりさせるところがあるからよ。それに、お料理はわたしがお手伝いするわ」

「それはご親切に。でも、全部自分でやるわ」

「ミセス・レーズン、ターキーをローストできるの？」

「どんなまぬけでもターキーぐらいローストできるわ」

「それはどうかしら。そのことはまた相談しましょう。それに、ミス・シムズを誘うのを忘れないでね」

「わかったわ。だけど、彼女はもううちで働いていないのよ」

「だけど、パトリック・マリガンがいるでしょ」

「彼とどういう関係があるの？」

「パトリック・マリガンはミス・シムズの新しい紳士のお友だちでしょ」

「まあ手が早いおじさんね。ええと、サミーとダグラス、パトリックとミス・シムズ、サリーとエディ、チャールズとロイ、あなたとご主人……」

「サミーとダグラスは結婚していないの？」

「ええ、二人とも独身」

「わたしはお手伝いするわ。だけど、アルフは一年のなかでもとびぬけて忙しい時期だから、来られないと思うの」夫は来たがらないと、ミセス・ブロクスビーは言いたかったのだ。

「じゃあ、八人で、あなたとわたしを入れて十人ね、あなたが参加できるなら。だけど、今回はすべて料理は自分でやるつもりよ」

「そうそう、ビル・ウォンはどうするの？」

「あら、そうだった」アガサは恥ずかしさのあまり赤面した。「わたしったら、どうしちゃったの？　こんな調子じゃ、一人も友だちがいなくなっちゃうわ」

「これだけの人数の料理を本当にすべて一人でできるの？」

「もちろんよ。忘れられないクリスマス・ディナーになるわよ」

エピローグ

アガサは赤とゴールドとグリーンで印刷した特別な招待状を送り、それぞれに「ご返事をお願いします」と書き添えた。

最初にロイが、それからチャールズが出席の返事をくれて、ほっと胸をなでおろした。ターキー農場まで行き、いちばん大きな鳥を選び、絞めて羽毛を抜き、数日吊してから運んでもらうように手配した。

クリスマス・プディングはさまざまなレシピを研究した結果、買った方が安全だという結論になった。前菜はシンプルに、手長海老をスモークサーモンでくるみ、マリーローズソースをかけたものに決めた。

ターキーにはさまざまな付け合わせが必要だ――クランベリーソース、芽キャベツ、カブ、マッシュルームの詰め物、グレイビーソース。ダイニングルームも飾りつけをしなくてはならない。ちゃんとしたクリスマスクラッカーを用意しなくては。それにゲストそれぞれにプレゼントを用意するべきかしら？　それだとやりすぎ？　いえ、こうなったらとことんやろう、と決めた。

買い物に出かけたものの、お店がこれほど混雑していなければいいのに、と思わずにいられなかった。いまいましいクリスマスミュージックをへとへとのお客に大音量で聴かせるのはやめてほしい。《ささやかでも楽しいクリスマスを》がまた流れてきたら、叫びだしそうだ。その歌が冷笑さながら耳にこびりついて離れなかった。

おまけにクリスマスツリーを家に持ち帰ってみると、低い梁のあるダイニングルームの天井には高すぎることがわかった。てっぺんをのこぎりで切り落としてみたが、〝てっぺんを切り落とされたツリー〟にしか見えなかった。そこでそのツリーは庭に投げ捨て、また出かけていって別のツリーを購入し、一晩かけて金色のリボンときれいなガラスボールで飾り付けをした。夜中にガラスの割れるチャリンチャリンという音で目を覚まし、あわててダイニングルームに飛んでいった。ホッジとボズウェルが前足でオーナメントをはたいては、それが床に落ちて砕けるのを楽しそうに眺めていた。

翌日、アガサはまた出かけていって新しいオーナメントを買い、猫がやらかしたいたずらの後始末をするのにドリス・シンプソンの助けを借りることになった。そのとき、いつになく敏感にアガサは気づいた。ドリスがディナーに招かれなかったことで傷ついていることに。

デスクに飛んでいくと、幸い招待状がまだ二枚余っていたので、すばやくドリスと夫の名前を書いた。

「ああ、ドリス。本当にごめんなさい。これ、投函するのを忘れていたの！」そしてドリスに招待状を渡した。

ドリスの顔は喜びで輝いた。「まあご親切に。もちろん、二人でうかがいます」

ツリーはまた飾り付けされ、グリーンとシルバーと赤の花綱がダイニングルームの壁に差し渡された。これに比較すると、家の残りの部分は殺風景すぎるわ。そこでまたお店に足を運び、さらにデコレーションを買いこんだ。

ターキーが配達された。大きすぎて冷蔵庫に入らなかったので、アガサは裏口ドアの外に吊した。冷蔵庫に入らないぐらい大きいなら、オーブンにも入らないかもしれないという可能性はちらっとも頭をよぎらなかった。

その事実に、アガサはディナーパーティー当日の朝になってようやく気づいた。もっと小さなターキーをスーパーで買ってくるという選択肢もあったが、これは放し飼いのターキーで上等な品だ。

そのとき村の公会堂の調理場に大きなオーブンがあることを思い出した。教区議会の議長、ハリー・ブライズに電話してみると、いいとも、使ってくれてかまわない、という答えだった。

ターキーに詰め物をしたが、山のように大量のソーセージを詰めねばならなかった。それからベーコンで周囲を包み、ようやく完成した。車に積むと、公会堂に向かった。オーブンのガス栓は古くて温度を調節できなかったので、適当に合わせることにした。

アガサがオーブンのドアを閉めたとき、携帯電話が鳴った。チャールズだった。

「ああ、チャールズ。来てくれて本当にうれしいわ。二度と口をきいてくれないんじゃないかと心配していたの」

「何人来る予定なんだい？」

「十三人よ」

「誰も迷信深くないことを祈るよ。ケータリング業者を頼んだのか？」

「自分で料理しているの」

「アギー、十三人分のクリスマス・ディナーを電子レンジでチンするつもりなのかい？」

「とんでもない」アガサは自慢気に言った。「特大の新鮮なターキーを手に入れたの。あまり大きいから、村の公会堂のオーブンに入れたところよ」

「ねえ、早目に行って、手伝おうか？」

「ありがとう。でも、どうにかなるわ」

アガサは家に帰ると、いちばん上等の食器を使って前菜の準備を始めた。早々に降参してソースは買ってあったので、まったく手がかからなかった。すでに芽キャベツはゆでておいたので、あとで電子レンジで温めればいいだろう。マッシュルームの詰め物を焼いて、それを脇に置いた。これもあとで温め直そう。

キッチンがだんだん散らかってきて、汚れた皿や鍋やフライパンが山積みになった。

アガサは二階に行って着替えることにした。片側に深いスリットが入った赤いベルベットのロングドレスにハイヒールを合わせた。仕上げにゴールドのネックレス。

キッチンに戻ると、ドレスの上から長いエプロンをつけた。そろそろひと休みして、一杯やらなくちゃ。疲れちゃった。

アガサは大きなグラスにジントニックを作った。そのとき村を走り抜けていくサイレンの音が聞こえてきた。ぎくりとしたが、肩の力を抜いた。自分を脅かしていた全員がいまや死ぬか閉じ込められていた。

電話が鳴った。ミセス・ブロクスビーだった。「万事順調かしら、と思って電話したの」

「大丈夫よ」アガサは意気揚々と答えた。「準備万端よ。ターキーはうちのオーブンには大きすぎたから、村の公会堂のオーブンに入れてあるの」

「まあ、ミセス・レーズン。たった今電話があったんだけど、公会堂に消防車が来ていて建物から煙がもくもく上がっているそうよ」

「行ってこなくちゃ」

アガサはあわてて車に飛び乗ると、公会堂まで走らせた。ハリー・ブライズがひどく怒った顔で外に立っていた。

彼はアガサに叫んだ。「あんたがガスを高温にしすぎたものだから、ターキーが燃えはじめたんだ。煙感知器が作動したんで、わたしは消防署に電話した。幸い、煙だけだったがね。しかし、煙のせいでひどい損害だ。壁を塗り直さなくちゃならん」

「業者はわたしが呼びますから」アガサは必死になってたずねた。「わたしのターキーは？」

消防士が手袋をはめた手にローストパンを持って煙の中から現れた。そこには真っ黒焦げの大きな塊がのっていた。

アガサは窮地に立たされた。その場で消防署長に事情を説明をしなくてはならなかった。必ず明日には修繕業者を寄越すからと約束して、ハリー・ブライズをなだめねばならなかった。そのうちハリーはだんだん機嫌がよくなってきた。どっちみち、公会堂はペンキの塗り直しが必要な状態だったのだ。

「これはいりますか?」消防士が黒く焦げたターキーを差しだした。

「いえ、けっこう」アガサは不機嫌に答えた。「捨てちゃって」

腕時計を見た。あと一時間でお客さまたちがやって来る。

食料品店のデリカテッセンのカウンターに行き、スライスしたターキーをすべて買い上げた。それから急いでコテージに戻った。

ドアを開けると、キッチンの煙感知器のアラームが鳴り響いていた。グレイビーソースをこしらえるために火にかけていた内臓の鍋がカラカラになり、煙が出ている。

そのときドアベルが鳴った。アガサが開けると、チャールズが立っていた。アガサは彼の胸に飛びこんだ。

「早めに来たんだ。あなたは何もかも豚の朝食にしてしまうだろうと思ったからね。これまで料理なんてしたことがないんだから」

アガサはチャールズを家の中に連れていくと、だいなしになったターキーについてぼやいた。

「なんてざまだ！」チャールズは見回した。「猫たちが食べているそのスライスターキーを出すつもりだったのかい？」

アガサは猫たちを愛していたが、その瞬間はお仕置きしてやりたいと思った。二匹を庭に追い出すと、すわりこんで両手で顔を覆った。

「わたしに任せておいて」チャールズは言った。「わたしが呼んだらクレジットカードを持って来てくれればいい。前菜には何か用意してあるのかい？」

アガサは冷蔵庫を開けて指さした。

「これで間に合いそうだな」チャールズは言った。「顔の煤《すす》をふいておいで」

アガサがメイクを直してから階段を下りてくると、お客が次々にやって来た。

全員に飲み物を注ぎ、おしゃべりをしながら、チャールズは何をしているのだろう、と気をもんでいた。

一度、キッチンに入っていくと、彼は電話中で、「前菜を出して。すぐにわたしも行くから」と言った。

アガサは全員をダイニングルームに案内した。このパーティーのために、まったくお金がかかったものだ。ダイニングルーム用に追加の椅子まで買ったのだ。全員が部屋のデコレーションに歓声をあげた。テーブルセッティングはすてきだった。根元の方にヒイラギを巻き付けた背の高いキャンドルが三本立ち、それぞれの席にアガサのいちばん上等のクリスタルグラスが並べられている。

キッチンに戻ると、三つのトレイにすべての前菜が並べられていた。

「前菜を運んで」チャールズは命じた。

チャールズはなくなったターキーの代わりをどうするつもりだろう、と気になって、アガサは最初の料理をろくに味わえなかった。ふいに、バックに低く流していたクリスマスキャロルのボリュームが上がり、耳をつんざくほどの大音量になった。

「失礼」アガサは立ち上がると、急いでキッチンに行った。

白いコックコートの男たちが大きな容器をキッチンに運びこんでいる。

「クレジットカードを出して」チャールズが言った。「この支払いをしなくちゃならないんだ」

アガサは請求額すら見ずに、おどおどと支払いをした。

保温容器からゴールデンブラウンに焼き上がったターキーが現れ、大皿にのせられた。それから芽キャベツ、クランベリーソース、マッシュルーム、豆、ローストポテト、カブ、ベーコンロール、グレイビーソースの容器が取り出された。

「ターキーを持っていくんだ」チャールズが命じた。「残りはわたしが運んでいくから」

「ステレオのボリュームを上げたのはあなた？」

「この連中が裏口ドアから入ってきた物音を消すためだよ。帰ったら、ボリュームを下げるよ」

アガサがターキーを運んでいくと、お客たちから、わあ！ とか、おお！ という歓声があがった。それからチャールズが他の料理を運んできて、最後のコックコートの男が出ていくと、ステレオの音量を下げた。

ロイ・シルバーはグリーンのベルベットのスーツを着て、プラスチック製のヒイラギのリースを頭にのせていた。「許してくれる、ロイ？」アガサは小さな声で言った。「こんな食事を出してもらえたら、何だって許しますよ。二度とあんなことをしないでください」

アガサはリラックスしてきたが、お客がアガサの料理をほめるたびに、チャールズが皮肉っぽい視線を向けることは痛いほど気づいた。

ターキーはおいしかった。アガサはチャールズはどこで注文したのだろうと思った。あまり動揺していたので、請求書の業者の名前すら見なかったのだ。

「クリスマス・プディングはあるのかい？」チャールズがたずねた。

「ええ。ご心配なく。それは買ったから。作らなかったの」

「よかった。それなら心配ないね」

アガサは愛情こめてチャールズに微笑みかけた。いとしいチャールズ。ロイが泊まっていくなら、チャールズといっしょのベッドに寝てもいいわ。成り行きのセックスはしない、という誓いをころっと忘れていた。だが、アガサが求めていたのはセックスではなく、抱きしめてくれる人だった。

チャールズとロイは皿を片付けるのを手伝ってくれた。

「さあ、テーブルに戻って、わたしがプディングを運んでいくから」アガサは言った。「あなたたちはこれだけ持っていって」

ブランデーバターとダブルクリームの大きな容器を冷蔵庫から取り出した。

「ミセス・レーズンはお料理がすごく上達しましたね」ドリス・シンプソンが言った。

「これほど腕がいいとは思ってもみなかったわ。ところで村の公会堂でぼや騒ぎがあったのを知っている？」

「焼け落ちたりはしなかったんでしょうね？」ロイがたずねた。

「ええ、だけど、誰かが大きなオーブンのガスを強火にしすぎて、何かを焦がしちゃったんですって。何度も何度も、あの古いオーブンのつまみのかすれた数字は書き直すべきだって言ってたんですけどね」

ロイの目がふいに意地悪くぎらついた。

「そのぼや騒ぎの張本人はわかったんですか?」

「いいえ、まだよ。だけど、朝には村じゅうに知れ渡るでしょうね」


キッチンでアガサは電子レンジからプディングを取り出し、プラスチック容器の中身をスープ皿に空けようとしていた。

あとはブランデーをふりかけ、火をつければいいだけだ。いや、火はテーブルでつけよう。まず、プディングをとりわけるボウルを運んでいった。みんなに行き渡るだけのプディングがあるかしら? 万一のときは自分は食べなければいいわ。

そのとき、ブランデーを切らしていることに気づいた。お酒の棚をくまなく探した。休暇で行ったポーランドから買ってきたアルコール度数の高いウォッカのボトルしかない。これで間に合うだろう。気分を盛り上げてくれる炎が必要なだけだから。

ほとんど丸々一本をプディングにふりかけると、マッチの箱といっしょにトレイにのせ、ダイニングルームに運んでいってサイドボードにのせた。

アガサはプディングをおろすと、テーブルの上座にある自分の席の前に置いた。マッチをとってくると、火をつける姿勢をとった。

「メリー・クリスマス、みなさん！」彼女は叫んでからマッチをすった。プディングから大きな炎がボワッと噴きだしたので、アガサは飛びすさった。パトリックがキッチンに走っていって消火器を手に戻ってくると、プディングとアガサの両方を泡まみれにした。

ふいに全員がげらげら笑いはじめた。まずロイが甲高い声で笑いだし、続いてビル・ウォン、そしてテーブルの全員が爆笑した。

こうしてアガサのクリスマス・パーティーは、これ以上ないほどの成功をおさめたのだった。

・

チャールズは泊まっていかなかったので、アガサはほっとした。彼とベッドを共にするのは楽しかっただろうが、翌日に自己嫌悪に苦しむのはわかっていた。

ロイは片付けを手伝っているときに、キッチンのテーブルにある請求書を見つけた。

「ペテン師！」彼はご満悦だった。「八百ポンド！　あのターキーは上等な品だったにちがいないな」

「そんなに高いなんて知らなかった」アガサは息を呑んだ。「おまけに村の公会堂の修理代も出さなくちゃならないのよ」

「ま、いいじゃないですか。あのクリスマス・プディングのことは一生、忘れませんから。どのブランドのブランデーをかけたんですか？」

「あれはブランデーじゃなかったの。切らしてたのよ。ポーランドから二年前に持ち帰ったウオッカをひと瓶かけたの」

「あれか！　ガソリンを使ったも同然でしたね」

「わかってる、わかってるわ。ああ、へとへとだわ」

ダイニングルームからガラスが割れるチャリンチャリンという音が聞こえてきた。

「ああ、しまった」アガサは言った。「ダイニングルームのドアを閉めるのを忘れたから、猫たちがツリーをめちゃくちゃにしてるのよ。もうそのまま好きにさせておくわ。疲れて動けないから」

「もう寝ましょう」ロイが言った。「朝、片付けをすればいい」

「ドリスが手伝いに来てくれることになっているの。朝にはあの焦げたターキーのことが村じゅうの評判になっているわ。その話はしてなかったわよね？」

「聞いたとたんに見当はつきましたよ。もう寝ましょう」

アガサは立ち上がったとたん、腰に痛みを感じて顔をしかめた。深刻な病気のはずがないわ。まだそんな年じゃないもの。最近の五十代は若いのよ。

「ぼやのことで、村の人たちはいっそうわたしに敵意を向けるでしょうね」階段に向かいながらアガサはぶつくさ言った。「最近までそのことに気づかなかったの。わたしのせいで殺人や暴力行為が村で起きるようになったと思われている、ってミセス・ブロクスビーが教えてくれたわ。引っ越した方がいいかもしれないわね」

「くだらない。あなたはこの村の人間ですよ」

アガサは改装会社に電話して、目の玉が飛び出るような料金を受け入れ、すぐに作業にとりかかってくれればその料金を支払うと言った。それから店に行って日曜版を買うと、みんなから愛想のいい笑顔を向けられ、「おはよう、ミセス・レーズン。今朝はちょっと肌寒いですね」などと声をかけられた。

新聞を買ってコテージに戻ると、ミセス・ブロクスビーが待っていた。

「入って」アガサは言った。「キッチンはまだ散らかっているの。ロイがいるけど、まだ起きてないし、ドリスがもう少ししたら手伝いに来てくれるわ。村の人たちの態度が少し和らいだようだけど」

「みんな、あなたの黒焦げのターキーのことで大笑いしていたの。料理をだいなしにした経験のある主婦なら、あなたに同情するわよ。それに、誰だって楽しい笑いは大好きだから」

「じゃあ、もう少しこの村にいるかもしれないわ」

「まさか引っ越すことを考えていたんじゃないわよね？」

「ちらっと頭をよぎったわ」

「冗談でしょ。今回みたいなぞっとする殺人や殺人未遂事件には二度とまきこまれることはないわよ」

だが、ミセス・ブロクスビーはまちがっていた。

訳者あとがき

このシリーズもいよいよ十五冊目になり、本書『アガサ・レーズンと探偵事務所』で、アガサは念願だった探偵事務所を立ち上げます。その決意の後押しをしたのは、大好きなパリに避暑に出かけ、地下鉄でスリにあった出来事でした。警察に被害を届けたアガサは、フランス人刑事に適当にあしらわれ、パリ警察は本腰を入れて捜査する気などないことを思い知らされました。悔しい思いを味わったアガサは、これならわたしの方がちゃんとした調査ができるわ！ と強気に考えたのです。

カースリーに帰ってくると、さっそく探偵事務所のオフィスを借り、秘書を雇うことにしました。そして応募してきたのが、ジェームズがかつて住んでいた隣家（といっても、ジェームズ以降、二人の住人が住んでいます）に越してきた、公務員を退職した六十七歳の女性エマ・コンフリーでした。最初のうちこそ、そんな年の人なんて無理、と相手にしなかったアガサでしたが、エマが見事に迷い猫を見つけたので雇うことにしました。

　エマの迷い猫発見の記事が新聞に出たことや、アガサが事件に巻きこまれたことで、アガサの探偵事務所は繁盛し、さらにスタッフを増やしていきます。かたやエマはアガサをひさしぶりに訪ねてきたサー・チャールズに恋をしてしまうのです。この後、驚くほどスリリングな展開となり、ページを繰る手が止まらなくなることをお約束します。

　そして、最後のエピローグは一転、いかにもアガサらしい滑稽なハプニングがいくつも起きて、訳していて笑いが止まりませんでした。おかげで、ほのぼのとした気持ちになれました。アガサはやっぱり最強です！　コロナ渦でつらい日々が続いていますが、アガサとともに、みなさんも楽しいひとときを過ごして、笑いで免疫力をアップしていただければと思います。

『アガサ・レーズンの幽霊退治』でお知らせしたように、作者のビートンは二〇一九年のおおみそかに逝去しました。そのときエージェントがまだ原稿が手元にある、と言っていたのですが、その三十一冊目にあたるHot to Trotがロッド・W・グリーンとの共著という形で出版されました。ロッドはビートンのイギリスでの担当編集者、クリスチナ・グリーンの夫で、ビートンとも友人でした。どうやらビートンは亡くなる前に、アガサ・レーズンのシリーズを続けてくれるようにロッドに頼んだようです。今後はもしかしたらロッド・W・グリーンが引き継いで、アガサのシリーズを書いていくのでしょうか？　元気を与えてくれるアガサとお別れするのは悲しいので、そうなったらいいなと願っています。

日本では本書で十五冊目。シリーズ未訳の巻はまだ半分残っていますが、正直なところ、昨今の出版不況にコロナ渦が重なり、どこまで本シリーズの翻訳出版を続けられるか心許《こころもと》ない状況です。そこで、こんな企画を編集部と考えましたので、ぜひぜひアガサ・レーズンの魅力を多くの人に伝え、応援していただければと思います。

みんなでアガサ・レーズン応援企画！

「わたしが好きなアガサ・レーズン三冊」をシリーズから選び、お持ちの本の表紙が写るよう左ページを参考に画像を撮ってツイッターに投稿してください。ツイートには必ず「**#アガサ・レーズン**」とハッシュタグをつけたうえ、選んだ三冊の読みどころやシリーズの魅力、ご感想、応援コメントなどを書いてくださるとうれしいです。

〈ツイート企画期間〉

二〇二一年二月十日～五月三十一日

期間終了後、ツイートを集計して人気第一位から三位までを決定し、みなさんのコメントとともに二〇二一年七月に出版される次作Agatha Raisin and the Perfect Pargonの訳者あとがきにて紹介させていただきます。

なお、ツイッター・アカウントをお持ちでない方は、同じ要領で、コージーブックスのアドレスcozybooks@harashobo.co.jp宛てに「写真データ、コメント、ハンドルネーム」をEメールで送信いただければ、原書房公式ツイッターよりツイートさせていただきます。

みなさんの投稿を楽しみにお待ちしています！

コージーブックス

英国《えいこく》ちいさな村《むら》の謎《なぞ》⑮

アガサ・レーズンの探偵事務所《たんていじむしょ》

著者　M・C・ビートン
訳者　羽田詩津子《はたしずこ》

2021年　2月20日　初版第1刷発行

発行人　成瀬雅人
発行所　株式会社　原書房
〒160-0022 東京都新宿区新宿1-25-13
電話・代表　03-3354-0685
振替・00150-6-151594
http://www.harashobo.co.jp
ブックデザイン　atmosphere ltd.
印刷所　中央精版印刷株式会社

落丁・乱丁本はお取り替えいたします。
定価は、カバーに表示してあります。
 ISBN978-4-562-06113-6 Printed in Japan